조금만 긴장을 풀고

조금만 긴장을 풀고

초판 1쇄 발행 2018년 7월 30일
초판 3쇄 발행 2022년 8월 5일

지은이 김민준
펴낸이 남기성

펴낸곳 주식회사 자화상
인쇄,제작 데이타링크
출판사등록 신고번호 제 2016—000312호
주소 서울특별시 마포구 월드컵북로 400, 2층 201호
대표전화 (070) 7555—9653
이메일 sung0278@naver.com

ISBN 979-11-88345-45-8 02810

JUST RELAX A LITTLE BIT

조금만 긴장을 풀고

김민준 지음

자화
상

작가의 말

돌이켜보면 중요한 순간마다 덜컥 나를 감싸고 도는 긴장
감 때문에 딱딱하게 굳어버린 경험이 적지 않습니다. 너무
잘하고 싶다는 강박은 도리어 나다움을 잃어버리게 했지
요. 몸은 다소 뻣뻣하게 굳었고, 다리는 미세하게 떨렸어요.
그리고 흔들리는 시선은 스스로에게 어두운 결과를 예감하
는 듯했답니다.

예컨대 긴장은 절대로 실수를 해서는 안 될 것 같을 때, 혹
은 자신이 누군가에게 판단의 대상이 되었을 때, 그리고 지
나치게 잘하고 싶다는 욕망에 사로잡혔을 때도 나를 감싸
곤 했지만, 대개 스스로 감당하기 어려운 관심이나 부담 속
에서 일어나기 마련이었지요. 그것들은 나를 계속하여 곤
경에 빠뜨리곤 했습니다. 삶은 그렇게 때때로 긴장 속에서
마구 뒤엉키며 제 마음을 여간 흔들어놓곤 했지요.

그러한 긴장에게 또 다른 이름이 있다면 아마도 그건 불안
이 아닐까요. 일이 제대로 진행되지 않을 것 같다는 불안한
심리상태는 우리 몸과 마음에 더 많은 부담을 가중시켜 평
소보다 몇 배의 피로를 만들어낸답니다.

살다 보면 드문드문 찾아오는 그러한 긴장과 불안 때문에
몸도 마음도 많이 지치는 때가 있지요. 한번은 엄습해오는

무기력과 그 실망 섞인 감정들 속에서 너무 화가 난 나머지 속으로 그런 생각을 해보았답니다. 만약에 긴장하지 않을 수 있다면! 조금만 긴장을 풀 수 있다면! 이 불안으로부터 영영 도망칠 수 있다면!

그날부터 긴장과 불안에 유연하게 대처하기 위하여 나름대로의 감정훈련을 하였답니다. 실은 이 책은 나답게 흔들리는 법에 대한 이야기인 셈이지요. 긴장과 불안의 순간들로부터 자유로워지는 나름대로의 담담한 서술이자 은유가 담겨 있습니다.

예컨대 꾸준히 나를 다독이면서 알게 된 작은 깨달음이 있다면, 우리 삶에서 긴장과 불안이란 필연적으로 벗어날 수 없는 두려움이 아니라, 나를 더욱 나답게 만들어주는 이정표와 같다는 것이지요.

결국엔 일상생활 속에서 내 감정을 잘 헤아리는 훈련이 정말 중요한 순간에 용기 있는 나를 만들어낸다는 사실을 기억하세요. 부디, 이 책에 수록된 마음가짐이 드문드문 긴장과 불안으로 흔들리는 당신의 초조함 속에 작은 등불이 되어주기를 희망하겠습니다.

차례

작가의 말 • 4

1부

파도가 잔잔해지길 바라는 마음으로

1. 삶이라는 시간, 나라는 존재

때로는 여유가 없어서 숨이 가빠집니다. 해야 할 일은 산더미 같은데 어디서부터 일을 진행해야 할지 좀처럼 생각이 떠오르지가 않아요. 촉박한 시간과 제한된 마음의 공간에서 어느새 내 자리는 사라져버리고 맙니다. 어느새 나는 멍하니 무기력해지고 말아요. 너무 큰 부담 앞에서 우리는 자신이 얼마나 작은 존재인지에 대해서 새삼 깨닫곤 하잖아요.

여유가 없다는 말, 달리 바라보면 마음이 너무 분주해서 좀처럼 나에게 집중할 수 없다는 뜻이기도 합니다. 쉬고 있을 때에도 마음이 근심을 잊지 못하니, 불면증을 오래 앓아온 사람처럼 감정도 퀭하게 생기를 잃어갈 따름이지요.

사실 가뿐하게 살아가기 위한 비밀스러운 방도는 없다고 생각해요. 그저 '조그마한 진실'이 있다고 믿을 뿐이지요. 모파상의 소설 '여자의 일생'에서는 다음과 같은 문장이 등장한답니다.

그러고 보면 인생이란, 사람들이 생각하는 것처럼 그렇게 기쁘지도 그렇게 슬픈 것도 아닌가 봐요.

삶이란 잔잔해지기 위해 해변으로 나아가는 작은 파도라고 생각해보는 편이 오히려 더 수월할지도 몰라요. 어려운 일

이 있으면 또 좋은 일이 생긴다고 믿어보고, 여유가 없다가
도 드문드문 작은 평온함 속에서 살아가는 일의 가치에 대
해 긍정해보기도 하지요.

중요한 것은 그럼에도 나를 비난하지 않을 관용이 아닐까
요. 구태여 이 세계 속에서 나를 증명하기 위해 무리하지
않아도 내가 살아가는 시간, 견뎌온 오늘이 나라는 사람을
존엄하게 만들어준답니다.

확실한 것은 없지만, 확정된 것 또한 없습니다. 그리하여
절망과 희망 안에서도 우리가 '꿈'을 좇을 수 있는 것은 아
닐까요. 호흡하듯 사유해봅시다. 여유가 없고, 많이 휘청거
리고, 부단히 그 삶의 무게에 한숨을 내쉬겠지만, 그럼에도
생의 조그마한 진실이 있었으니, 어느 누구의 생애에도 사
랑이 있음에 무엇도 덧없이 흩어지는 것은 없다는 것을. 여
유란 조건이 아니라, 생각의 방식이라는 것을. 살아가는 일
은 곧잘 주저하면서도 나만의 평정심을 알아가는 길이라는
것을.

관용, 호흡 그리고 사유

; 욕조에 물이 다 채워질 때까지

혼자 떠나온 여행지에서 별안간 폭우를 만났다. 자정이 다 되어갈 무렵, 나는 비에 젖은 생쥐꼴이 되어서 호텔로 돌아왔다. 방안은 고요했다. 호텔 구석에서 조용히 작동 중인 공기청정기 소리와 간간히 창을 두드리는 빗소리가 전부다. 하지만, 이내 내 안에서는 어떤 관념들이 사사로운 감정들을 불러일으키고 있으니, 진정 이 순간의 내가 혼자라고 말할 수 있을지에 대해서 의구심이 드는 것도 사실이다. 하여 휴대폰은 잠시 베게 아래에 내버려두고서 욕조에 적당한 온도로 물을 채우는 중이다.

이내 캐리어에서 책 한 권을 꺼내와 욕조에 물이 다 채워질 때까지, 접어두었던 페이지를 한 차례 더 읽어 내려간다. 아마도 이 순간은 오늘날 내 삶에 남아 있는 그리 많지 않은 행복 중 하나일 것이다. 과거를 돌아보며 슬픔에 잠긴다거나, 이미 읽었던 페이지에 다시금 기대어 쉬는 일. 혼자인 내가 그 수많은 번뇌들로 걸어 들어가 몽상의 꿈을 꾸는 시간, 나는 뜻 모를 은총에 휘감겨 더는 스스로를 부인하지 않게 된다.

적당한 온도에 몸을 맡기니 이내 지난 피로들은 잦아들고, 내 마음 곳곳에 숨겨져 있던 감정들은 부풀어 올라 땀방울처럼 내 이마를 스친다. 마침내 눈을 감고, 고요를 품고서,

이 우울한 세상에 또 한 번 살아 있다는 것을 감사하게 생각하는 순간에 이른다. 비겁하게 부인해오던 스스로에 대한 비아냥거림들, 자신을 한심하게 생각하며 스스로에게 던졌던 거친 말들을 반성하면서 가슴에 가득 숨을 머금고 잠시 동안 욕조 속에 웅크린 채로 혼자가 된다.

이윽고 새로운 호흡을 간절하게 바라며 다시 눈을 뜰 나의 삶은 가난한 의지와, 부조리한 현실 속에서 또 어떤 서글픔으로 다시 이곳을 찾게 될까. 물속에서 길게 한숨을 내쉬면서 더는 지난 시간을, 오늘의 나를, 부인하지 않는 삶을 살겠다고 다짐해본다.

있잖아요. 너무 애쓰지 말아요.
삶이란 그저 잔잔해지기 위해 해변으로 나아가는
작은 파도라고 생각해보는 편이
오히려 더 수월할지도 몰라요.

당신은 지금 어떤 바람을 타고 나아가는 중인가요?
그 바람의 끝에 부디 그대가 원하는 생의 기쁨이
함께하기를 진심으로 바랄 뿐인 걸요.

담담하게 나아가다 보면 어느새 웃을 일이 많아질 거예요.
오직 해야 할 일이 있다면
당신이 진정 무엇을 원하는지 찾아 헤매는 일이겠죠.
삶이 자욱한 안개 속 파도와 같다면,
그대의 맑은 영혼이 갈피를 잡지 못하는 마음에
소중한 등불이 되어줄 거예요.

그리하여 곧 알게 되겠지요.
구원이란, 세상을 사랑하는 것이며,
그 세상이라는 것이 바로 당신이라는 걸.
비로소 당신이 자기 자신을 진실로 사랑하게 되었을 때,
그대가 곧 빛이 된다는 걸.

2. 자기해방의 경험

한동안은 타인과의 만남을 극도로 꺼려한 적이 있습니다. 저는 그것이 바쁜 일상으로 지친 몸과 마음을 쉬게 하기 위해서라고만 생각했었지요. 허나 시간이 흐를수록 사람을 만나는 일이 점점 더 힘들어 지고 있음을 느끼게 되었습니다. 동시에 잠을 충분히 자도 몸에서 뻐근한 기운이 도통 가시질 않았죠.

이윽고 나에게 밀려오는 어떤 뜻 모를 압박감에 시달리곤 했습니다. 반가운 지인의 안부에도 덜컥 부담스러운 마음이 들어서는 답장을 하는 것조차 버겁게 느껴질 정도로 말이지요. 아마도 저는 단순히 육체의 피로가 아니라 마음의 고단함 때문에 지친 날을 보내고 있었던 것 같아요.

더는 묵묵히 참아낼 수 없어 뭐라도 해야겠다는 생각이 들었답니다. 하지만 잘 생각이 나질 않았어요. 내게 필요한 게 뭔지, 무엇을 해야 활기찬 하루를 보낼 수가 있을지. 앉아서 고민만 하고 있으니 잘 생각이 나질 않았는데 그때 마침 떠오른 장면이 있어요. 그건 어린 시절에 보았던 정장을 입고서 미친 듯이 운동장을 뛰던 어떤 사내의 모습이었지요. 그때 속으로는 얼마나 답답하면 저렇게 달리기를 할까라는 생각이 들었는데, 여전히 그 뜻은 모르지만 오늘에 이르러서는 그 마음을 조금 알 것 같은 기분이 들기도 했답니다.

그리하여 마냥 노곤한 몸을 이끌고 있는 힘껏 운동장을 달려보았답니다. 조금 바보 같아 보일지는 몰라도, 마음 속 어딘가에서 묘한 개운함 같은 것이 느껴졌어요. 그날 이후로 매일 달리기를 시작했습니다. 아마 제게는 대답할 거리가 필요했던 지도 모르겠습니다. "요즘 뭐하고 지내?"라는 물음 앞에서 조금씩 작아져가는 나를 위한 적당한 대답 말이에요. 선뜻 답을 할 수 없었던 물음에 당당히 말할 수 있는 무언가가 생겼다는 이유만으로도 꽤나 산뜻한 출발이라고 할 수 있지요.

"요즘 나는 달리기를 하고 있어." 그 한마디가 가지고 있는 의미는 결코 작지 않답니다. 무엇보다 스스로 무기력 속에서 벗어나기 위해 무엇이라도 하고 있다는 점에서 큰 가치가 있어요. 달리기를 하면서 조금씩 깨닫게 되었거든요. 달리기를 할 때에는 알맞은 리듬이 있어야 호흡을 유지할 수 있고, 호흡을 유지할 수 있어야 조금 더 먼 길을 수월하게 나아갈 수 있다는 것을요.

저는 이 깨달음을 '자기해방의 경험'이라고 말하곤 해요. 누구나 어떤 식으로든 무기력의 감옥에 갇혀 먹먹한 기분을 느낄 때가 있잖아요. 물론, 그때 외부의 요소들이 도움이 될 순 있지만, 결국 그 문을 열고 나오는 것은 자기 자신의 역할이에요. 아주 사소한 것이라도 좋습니다. 스스로 무엇이라도 해보는 거예요. 이유는 조금 뒤에 생각해도 좋아요. 때때로 '나'는 물음보다 먼저 답을 지니고 있을 때가 있으니까요.

끝내 스스로 벽을 허물고 새로운 세상에 발을 내딛는 순간, 우리는 알에서 부화해 날아오를 채비를 하는 자기해방의 자유를 경험하게 된답니다. 살아가면서 점점 우리 안에는 나도 모르게 두터운 벽들이 쌓여가지요. 그것들은 언젠가 찬란한 지금 이 순간 앞에 늘어서서 깊은 고립의 경험으로 다가올지도 몰라요.

그때는 이유를 몰라도, 막연히 정답을 지니고 있는 존재가 되어보는 거예요. 무기력의 감옥을 나설 열쇠는 이미 내 작은 호주머니 속에 들어 있어요. 작은 오솔길을 걷듯 어둠을 지나 시간을 이끌고 나를 정진하다 보면 어느새 우리 앞에는 새로운 하루, 새로운 기대들이 반짝반짝 나를 사랑하게 만든답니다.

믿어보세요. 당신은 이미 열쇠를 지니고 있다는 걸.

-요즘은 뭐하고 지내?

-요즘 나는 달리기를 하고 있어.

-달리기?

-응, 달리기.

-어디를 달리는데?

-우리 동네 강변을 달려.

-얼마나?

-해가 뜨기 전이나 해가 질 무렵 정도!

-그렇구나. 좋아 보여.

-응, 좋아. 있는 힘껏 달리고 나면 알게 되거든. 내가 진짜
 원하던 건 막연한 휴식이 아니라, 아주 달콤한 피로와 함
 께 깊은 잠에 빠지는 일이었다는 걸.

-다행이네. 내가 무엇을 원하는지 알게 된다는 건, 참 소중
 한 경험이잖아.

-그치, 너도 한번 달려봐.

-나도 찾을 수 있을까? 내가 뭘 원하고 있는지 말이야.

-물론이지! 사람들은 다 자기만의 달리기가 있는 걸.

-정말 그렇게 생각해?
-응, 나는 그렇게 생각해.

-내가 잘할 수 있을까?
-나는 네가 잘할 수 있다고 믿어.

-혹시, 못 찾게 되면 어쩌지?
-그럼 잠시 멈추는 거야. 그리고 다음 날 다시 달리면서
  찾아보면 돼.

-그러면 늦지 않을까?
-늦는다니, 그런 걱정은 하지 않아도 괜찮아.

-어째서?
-왜냐하면 너는 그저 너만의 달리기를 하고 있기 때문이
  야. 거기엔 늦는다는 게 없거든.

-나만의 달리기?
-응, 자기만의 달리기. 그건 경주나, 시합 같은 일과는 다
  른 거야.

-뭐가 다른데?

-다리가 아프거나, 호흡이 너무 가빠지면 잠시 멈추면 돼.
 그리고 언제든 다시 시작할 수 있어.

-멋지다!

-그치? 그게 내가 인생 위를 달리는 방법인 거야. 언제든
 다시 시작할 수 있어.

이른 새벽 좁은 골목을 나와
신호등 앞에서 걸음을 멈추었을 때,
잠시 빛을 기다리는 시간 속에서 나는 흐릿해졌다.

점차 무덤덤해져가는 나의 오늘이,
조금씩 색깔을 잃어가는 나의 마음이,
어쩔 수 없이 일시적인 기쁨으로
위안을 삼고 조금씩 시시해져 가는 나의 시간이,

이제는 지켜야 할 다짐과 약속이 많아,
선뜻 나만을 위해 살지 못하는
생의 통증으로 내 마음은 점점 흐려져 가네.

초록불을 기다리다가 마음이 사뭇 아려왔던 날,
진정 기다리고 있는 것은
어떤 신호인지 골몰하다
그만, 하루가 다 저물어버렸네.

3. 나답게 살아가는 방식

불안을 좋아하는 사람은 드물겠지요. 하지만 그러면서도 삶이란 그 불안과 나란히 걷는 방법을 터득해나가는 과정은 아닐까 하는 생각이 듭니다. 인생을 축약해보면 우리는 어떤 모습으로 존재하고 있을까요. 아마 희망과 실망이 연달아 반복되어 웃음과 울음이 혼재된 표정을 짓고 있지는 않을까요.

요즘 들어서는 '시기'라고 하는 것 때문에 도통 마음이 조급해지는 것을 느껴요. 남들보다 어리숙하고 늦어서 늘 먼 길을 돌아가는 자신이 퍽 서러워지기도 합니다. 때로는 마주하지 않으면 좀처럼 지나칠 수 없는 상황 속에서 마음의 초점을 쉬이 잃어버리기도 해요. 대개는 외면하는 방법을 통해서 복잡한 감정들로부터 도피를 했어요. 물론 나를 불안에 떨게 하는 것으로부터 멀리 도망치는 것만으로도 쉽게 해소되는 상황도 있었지만, 이 '시기'라는 것이 자꾸만 내게로 다가오는 것이라 결국엔 마주할 수밖에 없는 날이 오더군요.

막다른 길에 도달했다고 느낀다면 그건 너무 가혹한 생각이니 부디 비로소 마주해야 할 때라고 상황을 인지해보는 것은 어떨까요. 두려움과 알맞은 간격으로 마주 보고 서 있는 모습, 그러한 순간들이 쌓여 당신은 보이지 않는 곳에서

의 성장을 경험하게 될 거예요. 비로소 자기만의 삶을 터득하게 되는 것이지요.

그때마다 한결같이 드는 생각이 있다면, 우리가 '시기'에 의해 불안을 느끼는 순간들은 스스로가 자기 자신을 설득시킬 만한 근거와 용기가 없을 때라는 거예요. 그러니 정작 중요한 것은 나이나 상황이 아니라, 나 스스로를 납득시킬 만한 '이유'가 아닐까요. 그 이유를 찾게 되었을 때 우리는 또 한 번 삶과 호흡하는 방식을 터득해나간다는 생각이 듭니다.

나에게 알맞은 이유를 제시해주는 것, 인생에 있어 진정한 재능이란 바로 그런 것이죠. 그러한 이유들이 쌓여서 우리는 유일한 자아를 형성하고 비로소 나답게 살아가는 태도를 성취하게 됩니다. 그리하여 불안이란 어둠 속에서도 온화한 햇살을 가슴 안에 품을 수가 있는 것이지요. 인생의 중요한 순간마다 우리에게 찾아오는 '시기'라는 두려움, 그 안에서도 분명 우리는 무언가를 배우고 깨우칠 수 있습니다.

계절마다 밤낮의 길이가 다르듯, 사람마다 성장의 시기가 다른 것 역시 당연한 일이겠지요. 수줍음이 많은 당신은 남들보다 조금 더디게 밤하늘에 별을 그려 넣는 사람. 오늘도 보이지 않는 곳에서의 성장을 경험하고 있는 중인 거겠죠.

그러니 매일 밤 저마다의 작은 낱말 하나씩을 품고 잠들었으면 좋겠어요. 당신의 이유가 당신의 밤을 은은하게 비춰줄 거예요.

4. 텅 빈 노트

가끔은 빈 노트가 많은 가능성을 주죠.

Sometimes an empty page presents most possibilities.

좋아하는 영화 '패터슨'에 등장하는 대사입니다. 영화는 이 장면을 우리에게 선사하기 위하여 길게 호흡하지요. 주인 공 패터슨과 일본인 여행객이 '시'라고 하는 매개체를 통해 서 문화와 국경을 초월하여 깊은 공감을 나누고 있는 장면 이에요. 두 사람이 주고받는 대화 속에서 불현듯 텅 비어 있던 마음에 따뜻한 맥박이 들어차는 것을 느낄 수가 있었 답니다.

영화 속 인물처럼 저 역시도 좋아하는 작가의 도시를 방문 해보고 싶은 마음으로 여행을 떠난 적이 있어요. 일본 규슈 에 있는 작은 도시 구마모토라는 곳입니다. 작가 나쓰메 소 세키가 생전에 머물며 가족과 가장 행복한 시절을 보냈다 고 일컬어지는 곳이에요. 그의 서거 100주기를 맞이했다는 소식을 듣고, 돌연 그곳으로 떠나기로 마음을 먹었던 것이 지요.

그는 본래 도쿄 출생이었지만, 구마모토의 영어교사로 부 임하게 되면서 이곳으로 떠나오게 됩니다. 그의 생가를 행 하는 길에는 굵은 빗방울이 내리고 있었어요. 비바람이 많이 부는 날이라, 마치 그 분위기가 그의 소설에 등장하는 문장과도 닮아 있어서 혼자서 허공으로 미소를 띄워 보내기도 했답니다.

'여름비가 사정없이 퍼붓는 날, 한 청초한 여인이 백합을 들고 다이스케의 집으로 들어선다.'

나쓰메 소세키, 〈그 후〉

기어코 시장에 들러 백합 한 송이를 샀습니다. 거친 빗줄기 탓에 그의 생가에 다른 방문객은 없었지요. 뒷마당 뜰에 기대어 앉아, 가지런지 꽃 한 송이를 내려놓았습니다. 그리곤 사랑에 지쳐, 가슴이 온통 무너져 내리던 날에 그의 문장에 위로받아 펑펑 눈물을 흘리던 언젠가의 나를 떠올려보았지요.

돌아보면 사랑의 아픔과 삶 곳곳에 스며 있는 좌절들은 공들여 써 내려간 원고들이 다 찢겨져서 다시는 그 의미를 제대로 읽고 해석할 수 없는 일만큼 가혹한 일이란 생각이 듭니다. 그런 저에게 다시 시작할 수 있는 용기를 준 것이 바로 그의 소설이었지요. 담담하게, 그리고 명료하게 인간의 속내를 관철하는 그의 섬세한 문장들은 그 옛날 사람에게 받은 상처들, 제때 깨우치지 못해 내 안에서 끙끙 앓고 있던 마음들을 묘하게 안아주는 듯한 느낌을 주곤 하였답니다.

결국에 오래오래 내가 쌓아 올린 마음들이 허무하게 무너져 내렸을 때에도 끝끝내 우리들이 다시 시작할 용기를 찾아낼 곳은 내가 사랑하는 무언가인 것이지요. 여름비에 촉촉이 마음 한 구석이 젖어가던 날에도, 가슴 가득히 백합 향기를 끌어안으며 또 다시 우리는 자신만의 시를 써내려 가야 합니다.

가슴이 먹먹하여 다시 무언가를 시도할 수 없을 것 같은 두려움에 사로잡힐 때면, 나를 위해 새 노트 하나를 사보는 건 어때요. 노트를 펼치면 거기엔 아무것도 쓰여 있지 않아요. 당신이 무엇을 위해 그리 애를 쓰며 살아왔는지, 어째서 이 무기력함 속에 당도하게 되었는지도 그곳엔 설명되어 있지 않지요.

그렇기 때문에 다시 시작할 수 있습니다. 가끔은 텅 빈 시간의 흐름이 많은 가능성을 제시합니다. 여행을 떠나고, 늦은 밤 영화를 관람하고, 버스 창가 자리에 앉아 익숙한 음악을 들으면서 스스로가 이유를 찾아나서는 거예요. 어디에도 명시되어 있지 않는 나라는 존재에 대하여 스스로가 빈 노트 위를 채워가는 일, 그 순수하고 고결한 과정 속에 다시 시작할 용기와 희망이 싹트고 있답니다.

나는 외로운 사람이야.

어쩌면 자네도 외로운 사람인가?

나는 나이를 꽤나 먹었으니 외로워도

그저 묵묵히 외로워할 뿐이지만,

자네는 아직 젊으니 가만히 머물기는 어려울 거야.
흔들릴 수 있을 만큼 흔들리고 싶겠지.
마음껏 요동치면서 할 수 있다면
애써 무언가에 부딪혀보고 싶은 거겠지…….

나쓰메 소세키, 〈마음〉

; 다섯 번째 집

구마모토의 거리는 정갈하다. 대체로 많은 것들이 별다른 무리 없이 자연스레 흘러가고 있음이 느껴지곤 했다. 머무르는 동안에는 줄곧 비가 내렸지만, 그럼에도 창가를 넘어 드문드문 햇살이 스며들 때는 반짝이는 바깥의 풍경 덕분에 가슴이 시원했다.

소세키 선생님의 다섯 번째 생가 근처에는 학교가 있어, 마당 뜰에 앉아 있으니 자연스레 아이들의 생기 넘치는 웃음소리가 들려오곤 했다. 비록 생의 시점이 달라, 같은 시간을 공유해본 적은 없어도 문학이라는 창을 통해 마음이 이어져 있으니, 나는 그의 시점을 어렴풋이 방문해본 것과도 같지 않을까. 이제 그는 없지만, 그가 써내려간 문장이 고스란히 내 곁에 있으니 영원토록 그는 잊히지 않을 것이다.

실은 그의 소설 중에서 〈명암〉을 가장 좋아한다. 비록 미완성에 그친 작품이지만, 어쩌면 그래서 더 좋아하는 건지도. 그 소설을 통해서 아름다운 것은 미완성이어도 그 자체로 충분히 소중한 것이라는 사실을 새삼 깨달았기 때문인지도 모르겠다.

한때는 맥없이 슬픔에 허덕였다. 하염없이 앞으로 헤엄치고 있었으나 늘, 제자리였다. 가슴 아픈 순간에 더는 눈물마저 나올 겨를이 없을 때, 그의 책을 읽는 일은 내게 울음 대신이었다. 아니, 대신이라는 말보다는 어쩌면 진정한 의미의 눈물이었다는 표현이 더 적절할 것이다. 나는 마당 한쪽에 조용히 백합 한 송이를 내려놓고서 잠시 동안 묵념을 했다.

텅 빈 시간을 끌어안으며 다시, 한 번

누구나 숨을 곳을 필요로 한다.

그것이 교활하면 가면에 불과하지만,

순수한 마음에서 비롯되면 고요한 처마가 되기도 한다.

마음이 젖지 않도록, 감기에 걸리지 않도록,

세상의 거친 비가 다 지나갈 때까지

잠시 홀로 머물 수 있는 나만의 작은 우산.

얼마간은 그 곳에 나를 허락하여
타인의 시선 같은 것은
좀처럼 신경을 쓰지 않아도 되는 곳,
비록 연약하지만 아무도 모르기에 걱정할 필요가 없는 곳.

유례없는 외로움 속에서도 나를 사랑할 수 있는 곳.

5. 잠시 동안 송장처럼 누워 있기

마음이 복잡할 때면, 아무런 생각도 없이 누워 멍하니 눈을 깜빡이는 일이 얼마나 대단한 일인지에 대해서 새삼 깨닫곤 합니다. 잠시 동안 어떤 의도나, 감정도 품고 있지 않은 채 심지어는 나라는 존재에 대해서도 까마득히 잊은 채, 유유자적 흘러가는 일은 얼마나 황홀한 느낌인가요.

저는 그렇게 고즈넉이 흘러가고 있는 시간을 일컬어 몸과 마음이 완벽히 정돈된 순간이라고 표현하곤 합니다. 모든 긴장이 풀어진 채 그저 자연스러운 호흡에 나를 맡기는 일. 어쩌면 무용하고 쓸데없어 보이는 그 시간이 실은 한계도 잊은 채 가장 자유로울 수 있는 황홀경恍惚境인 셈이지요.

그런 기회가 온다면 잠시 동안 그렇게 다 잊은 듯이 호흡해보아요. 억지로 찾아낼 수 없는 풍경에 들어선 것과 같으니까요. 마음이 어떠한 역할이나 임무도 수행하고 있지 않은 휴식의 상태, 편안하게 숨을 들이마시고 자연스럽게 내뱉으면서 너무 자연스러운 탓에 끝내는 내가 호흡하고 있다는 사실마저 잊은 채로 명상에 잠겨봅시다. 아무런 생각도 없이 누워 있을 수 있다는 건 시간이 흐를수록 쉽게 이를 수 없는 위안의 경지인 거예요.

이윽고 서서히 몸을 일으켜 무릎을 가슴팍으로 끌어안고서 말해봅시다. 최고의 행복이란 존재하지 않는다고, 다만 그저 작은 행복들이 쌓여 오늘의 하루를 이루고 있을 뿐이라고. 실은 지금 당신에게 필요한 건 그렇게 잠깐 침묵 속에서 무르익을 혼자만의 사색인지도 몰라요. 가끔은 그렇게 마음에 작은 날개를 달아주세요.

6. 트라우마 극복기

초면에 낯을 많이 가리는 성격이라, 새로운 사람들과의 만남에서 입을 꾹 다물고 있는 경험이 많아요. 특히나, 발표를 한다든지, 사람들의 시선이 내게로 쏠릴 때의 무거운 공기를 좀처럼 버텨낼 재간이 없었답니다. 대학교 시절에도 물론 마찬가지였지요. 저는 늘 구석 자리에 앉아 있는 과묵한 학생이었답니다. 팀 프로젝트나 발표 과제가 주어지면 시간이 충분히 남아있는데도 불구하고 가슴이 답답해서는 며칠을 그 걱정만 했던 적도 있었지요. 웬만해서는 사람이 많은 공간이나, 대화를 많이 나눠야 하는 자리는 가지를 않습니다. 과거에는 조금 내성적인 성격 탓이라고 생각했는데, 지금은 성격과는 별개로 눈을 마주보고 이야기를 한다는 것에 약간의 이질감을 느껴요. 그리하여 불안의 원인으로부터 철저히 멀어지는 것이 어쩌면 지금까지의 제가 할 수 있는 최선의 처방이었다고 말할 수도 있겠어요.

하지만, 얼마 전에 만난 대학 친구는 저의 그러한 트라우마를 전혀 알지 못했다고 하더군요. 꽤나 오랜 시간을 같은 강의실에서 수업을 들었는데, 어떻게 그걸 모를 수가 있는지…… 처음엔 속으로 의아한 생각을 해보기도 했는데, 실은 사람이라는 존재는 자신에게 별로 중요하지 않은 사건들은 쉽게 잊어버린다는 걸 그간 인지하지 못하고 있었나봐요. 어떻게든 꾸역꾸역 무미건조하게 발표를 마치고 나면 비록 그 순간에 다른 사람들은 저를 보며 꽤나 긴장을 하는 편이구나 하고 생각할지 모르겠지만 그게 본인들의 삶에 어떤 영향을 끼치는 것도 아닌 터라 쉽게 저를 기억 속에서 외면해버리고 말았던 것 같아요.

한편으로는 저의 그런 경험을 별로 대수롭지 않게 넘기는 친구 녀석이 얄밉기도 했습니다만, 언젠가 주사바늘을 극도로 두려워하는 친구에게 "눈 딱 감고, 그냥 맞으면 돼"라고 무덤덤한 태도를 보였던 제 자신이 떠올라 아무런 말도 하지 않았습니다. 사람은 이렇게나 자기중심적으로 타인의 불안을 해석하고 있구나 하는 생각이 들어 속으로 반성을 할 뿐이었지요.

여전히 낯선 이들의 눈을 마주 보고 대화하는데 어려움을 느끼는 중입니다. 이유는 좀처럼 잘 모르겠어요. 그냥 타고난 성격이 소심한 탓이라 그런 것일 수도 있고 눈을 바라보면 제 속마음 같은 것이 상대방에게 송두리째 탄로 날까 두려워서 그런 건지도 모르겠네요. 그렇다고 전혀 다른 방향을 보고 이야기를 나눌 수도 없으니 요령껏 콧구멍이나 인중을 보면서 이야기를 해요. 보통 콧구멍에는 격식이란 게 없고 귀여운 구석이 있잖아요. 그래서 조금은 더 대화하기가 편해요. 낯선 사람과도 어떻게든 소통을 하며 살아야 하는 것이 삶이니, 나름의 대응책을 모색하고 있는 셈이지요.

일전에 조금 더 전문가적인 접근법이 필요할지도 모르겠다
는 생각이 들어, 질병관리본부 홈페이지에서 트라우마 극
복에 관한 방법을 찾아보다가 꽤나 도움이 되는 문장과 마
주한 적이 있습니다.

　회복은 항상 현재진행형입니다

그 짧은 문장에 담겨 있는 의미가 묘하게 마음의 중심을 잡
아주는 것을 느꼈습니다. 그러게요. 불안이라는 건, 언젠가
갑자기 완치되는 병이 아니라 지금 이 순간에도 조금씩 개
선될 여지를 지니고 있는 마음의 긴장상태인가 봐요. 어찌
됐든 누군가와 내 문제에 대해서 대화를 나누고, 조금 더
나은 방안을 고민해보고, 내 삶을 자연스러운 범주로 옮겨
놓기 위해 노력하다 보면 일시적일지는 몰라도 작은 위안
을 느끼곤 하잖아요. 그러니 조금만 긴장을 풀면 좋을 것
같아요. 지금 이 순간 당신이 서서히 안정을 찾아가고 있음
에 집중해보는 거예요. 회복은 언제나 현재진행형이니까
요. 그 시제 속에는 '늘, 항상' 그리고 '지금 이 순간'이라는
의미가 포함되어 있답니다. 그 시간들 속에서 우리는 서서
히 균형으로 다가서는 중인 거예요.

; 비 그리고 서점

소나기가 내려서 서점 안으로 걸음을 옮겼다. 그때는 분명 비가 오기에 서점에서 잠깐 비를 피하는 격이었지만, 이후로는 그 분위기가 좋아서 서점에 가기 위해 애써 비를 기다리는 때가 있다.

몸에 아직 마르지 않은 수분을 머금은 채로 사람들은 이 공간의 분위기 속으로 잠시 세상의 모든 근심을 함구하려는 듯 보인다. 때때로 두 남녀가 온통 젖어서 급히 서점에 들어올 때면 그들의 미소가 마치 두 사람이 소설 속 주인공이라는 명백한 암시처럼 느껴져서는 뒷이야기가 더욱 궁금해질 때가 있다.

창밖으로 비가 내리는 서점의 내부는 오래된 종이내음과 비 냄새가 섞이면서 묘하게 사람의 마음을 어우르는 정서를 풍겼다. 세월에 묻혀 우리의 감수성을 자극하는 것들이 점차 교묘해지는 것을 느끼지만 다행스럽게도 간혹 내리는 빗줄기가 그러한 상심을 열렬히 몰아내어 그리움으로 우리를 정복해주는 것에 감사함을 표할 따름이다.

사실은 위선도, 체면도 잊어버린 채 스스럼없이 울음을 터뜨리고 싶은 날이 있었는데, 단 한 번도 그 눈물을 자연스레 쏟아내본 적이 없단 사실에 여전히 나 스스로에게 미안

한 마음이 든다. 어쩌면 그러한 이유로 비 오는 날, 서점의
풍경을 동경하게 되었는지도 모르겠다.

때로 그런 날은 우산도 없이 비를 맞으며 거리를 활보하고
싶은 충동에 사로잡힌다. 감기에 걸려 그 밤을 온통 앓아
눕는다 하여도, 아랑곳하지 않고 가벼운 슬픔이 나를 갉아
먹도록 빗소리를 눈가에 가만히 펼쳐두고 싶은 날이 있다.

7. 세상을 긍정하는 묘약

오늘날 내 마음을 소란하게 흔들어대는 것은 무엇인가요. 대개는 우리 내면에 응집되어 있는 수많은 생각들이겠죠. 실제로 우리가 무의식적으로 나에게 하는 말들이 자신을 크게 자극하는 요소로 작용하곤 해요. 언어에는 그것을 사용하는 이의 정서와 감정이 깃들어 있듯이, 우리의 내면에서 스스로 이야기하고 있는 무의식적인 표현들 속에는 현재 내가 삶을 바라보는 태도가 고스란히 담겨져 있답니다. 그렇기 때문에 행복한 삶을 살기 위해서는 바로 이 무의식에서의 마음가짐을 바르고, 건강하게 유지할 수 있어야 한다고 믿어요.

우리는 일상생활을 영위하는 동안, 그리고 잠을 청하는 중에도 의식하지 못하지만 늘 자기 자신과 대화를 하고 있답니다. 내가 하는 생각들, 내가 느끼는 감정들이 언제나 내 안에서 일컬어지며 내 삶의 태도를 형성하고 그것을 다시 현실에 반영하는 것이지요.

같은 장면을 바라보면서 누군가는 박수를 보내고, 누군가는 눈물을 흘립니다. 누군가는 웃고, 어떤 이들은 시기질투를 하기도 하지요. 그것은 대상을 바라보는 내면의 거울이 각각 다른 형태로 유지되고 있기 때문이에요. 때때로 알맞게 지탱되지 못하는 무의식은 나를 지나친 열등감 속에 가두어놓기도 하고, 쉽게 화를 내게 만드는 주된 요인으로 작용하게 된답니다. 그리하여 세상을 행복하고 바르게 살아가기 위해 우리는 내면의 거울, 나의 무의식을 올바른 방향으로 부지런히 가꾸어나가는 것이 중요해요.

결국에 행복이란 외부의 자극 그 자체가 아니라, 내가 그것을 바라보고 느끼는 마음가짐 속에 담겨 있는 것이지요. 실은 세상을 긍정하는 묘약은 이미 내 안에 존재하고 있습니다. 중요한 것은 자아의 성찰과 반성을 통해 이 우주 속의 고매한 한명의 인간으로 내 삶을 알맞게 사랑하는 훈련을 지속해나가는 일인 거예요.

자신이 본래 지니고 있는 온화한 성품을 꿰뚫어보기 위해 나 자신에게 몰입하여 마음을 차분히 정돈하는 수양을 참선(參禪)이라고 하지요. 우리에게 필요한 것은 외부의 자극으로 내 행복을 유지할 명분이 아닙니다. 우리가 지켜야 할 가치는 내 삶을 올바르게 바라볼 수 있는 시선, 건강한 내면의 가치관이에요.

참선이 필요한 때입니다. 혹시, 바쁘다는 이유로 자기 내면을 들여다보는 일을 멀리하지는 않았나요? 나 자신의 감정에 몰입하여 스스로와 많은 대화를 나누고 자기 자신을 이해하기 위한 수양을 게을리해서는 안 되겠죠. 나를 더 많이 알아갈수록 행복은 단순해지고, 분명해질 거예요. 나를 더 많이 이해할수록 마음은 더 고요해지고 차분해질 거예요.

뜨거운 햇살이 내리고, 추적추적 잿빛 하늘에서 외로운 비가 쏟아져도, 답답한 감정의 가뭄과 혹한의 추위가 나를 할퀴고 지나간다 할지라도 당신의 방 안에서는 늘, 온화한 웃음소리와 다정한 온기가 울려 퍼지고 있기를 소망해요. 늘 가장 먼저 스스로에게 상냥한 존재가 되어준다면, 손을 내밀고 따뜻한 안부를 물어준다면 무의식은 자연히 불평에서 멀어져 지금 이 순간에 감사하는 방향으로 흘러갈 거예요. 무의식과 의식의 조화, 내 안에 깃들어 있는 고요함 속에 당신이 찾던 균형이 있어요.

자신의 감정과 정면으로 마주할 수 있을 때,
비로소 슬픔은 우리를 지나가고 우리는 그것을 놓아줄 수
있다.

8. 마음의 결 정돈하기

몇 해 전 긴 무기력함에서 한참 동안 허우적거렸던 경험이 있습니다. 우울은 느닷없이 시시때때로 찾아왔었지요. 아침에 눈을 뜰 때, 직장을 향할 때, 커피를 마시거나 지난 일들을 떠올리는 와중에도 언제나 어디서나 그것은 나를 찾을 수 있었어요. 아마 우울하다는 감정은 탁월한 재능과 끈기가 있는 것이 분명해요. 내 영혼이 탁하게 흐려질 때면 그것은 어김없이 나를 찾아와서 흔들어놓았거든요.

문득 아려오는 것이 있다면 이유를 알기 전에 이미 실망해 버리고 만다는 사실이지요. 왜 지금 이 순간 나는 행복하지 못한가. 그 물음 하나로 나는 쉽게 초라해지고 말아요. 그간 스스로 쉴 틈 없이 행복의 규모를 늘려왔지만 그 과정에서 배운 것이라고는 갈수록 단순하고 명료한 기쁨에서 멀어져 가고 있다는 사실이었지요.

심지어는 스스로 그러한 것을 자각하지 못할 정도로 아주 순조롭게 삶이 무기력의 지배로 넘어가고 있었다고 해도 과언이 아닐 거예요. 즐겁게 살아야 한다는 강박 속에는 그것이 좀처럼 어려워지고 있음을 인정할 수밖에 없는 모순도 포함되어 있지요. 어쩌면 아주 오랫동안 그러한 사고로부터 점령되어 왔는지도 몰라요.

다만 아주 평범한 사람으로서 틀 안에만 안착하기 위해, 늦지 않게 도착하기 위해 이유도 모른 채로 달려왔던 스스로가 안쓰러워지기도 했지요. 간신히 이 세계에서 인정받는 사람이 되기 위해 내가 어떤 사람인지도 모른 채로 안간힘을 쓰던 시간들이 억울하기도 하고 말이에요.

그런 긴 우울에서 저를 구원해준 것은 '일기를 쓰는 일'이었답니다. 실은 글쓰기가 직업이 된 어느 시점부터 아주 순수하게 글을 쓰는 재미를 잃어버리고 있었는지도 모르겠어요. 어느 순간 책이라는 사물이, 글을 쓰는 행위가 마냥 즐겁지 않고 짐처럼 느껴지는 순간이 찾아오더란 말이죠.

그때 인생에서 사랑하는 것을 단순히 직업이 아닌 취미로 남겨두는 것 또한 현명한 방법일 수도 있겠다는 생각이 들었습니다. 좋아하는 것을 현실이 침범할 수 없는 순수한 상태로 남겨두는 것도 삶을 즐겁게 사는 슬기로운 지혜가 될 수 있겠다고 말이에요.

그래서 시작한 것이 일기만큼은 누구에게도 보여주지 않고서 나만이 즐길 수 있는 온전한 영역으로 사수하려는 노력이었지요. 그리곤 어렴풋이 그 순간의 즐거움을 다시금 되찾을 수가 있었답니다. 인생을 살아가면서 내 속마음을 어떤 허울 없이 표현할 곳 하나 정도는 가지고 있다는 것이 얼마나 귀한 일인지 깨달았어요.

세상에 우리를 기쁘게 할 수 있는 것은 많지만, 누구에게나 살아가면서 결코 대신할 수 없는 아주 순수한 행복이 있다는 생각이 들어요. 사실 다른 이들에겐 별 볼일 없어 보일지 모르는 그 감정이 내 삶에 윤기를 더해주는 비결이랍니다. 드문드문 찾아오는 무기력을 극복해내는 방법은 행복의 규모가 아니라, 그것을 추구하는 순수한 과정 속에 있어요. 내면 깊은 곳에서 잊고 있던 유년의 순수함을 반짝반짝 닦아내는 일, 그것이 내 마음의 결을 정돈하는 가장 듬직한 길입니다.

; 비눗방울

비눗방울 속의 무지개와 같이 어느새 행복이 톡 하고 사라져버릴 것처럼 위태로울 때, 어른은 쉽게 좌절감과 허무함을 경험한다. 하지만 아이들은 다르다. 그들은 다시 한번 비눗방울을 부는 일에 집중한다. 투명한 원 속에서 무지개가 어렴풋이 맺히고 사라지기를 수차례 반복할지라도, 아이들은 그 안에서 재미와 의미를 발견해내는 것이다. 아마도 그것이 나이를 먹을수록 현인의 유창한 말보다, 아이들의 순수한 눈빛 속에서 더 많은 위안을 얻는 이유인지도 모르겠다. 아이들을 통해 얻는 깨달음은 아담하지만 지극히 명료한 구석이 있다. 어쩌면 내가 지켜나가야 할 무언가도, 그 아담한 유년의 시선에 담겨 있는 것은 아닐까.

9. 작은 비유는 활력이 된다

대학교 4학년, 저에게는 구직활동에 전념하던 시절이었어요. 힘겹게 서류심사를 통과하고 면접장에 들어가기 전, 얼굴이 새파랗게 질린 나의 모습이 아직도 눈에 선합니다. 가슴 한쪽에 달린 수험표와 조금씩 가까워지는 순서로 인해 가슴은 더 크게 요동치곤 했었지요. 저는 그만 머릿속에 새하얀 눈이 내린 듯 멍할 뿐이었답니다. 만약 그 상태로 면접장에 들어갔다면 횡설수설하며 질문과는 무관한 대답과 어리숙한 답변만을 늘어놓을 것 같아 심히 걱정스러운 마음이 들었지요.

안정을 찾기 위해서 나름의 방안을 골몰하고 있을 때, 공교롭게도 저를 도와주던 것은 어린 시절의 습관이었지요. 어린 시절부터 저에게는 그토록 긴장되는 순간에 스스로 긴장을 푸는 저만의 방법이 있었어요. 자연스레 그때도 그 방안을 통해 급히 뛰는 호흡을 조금은 가라앉힐 수가 있었답니다.

그것은 바로 눈에 보이는 사물들에게 이야기를 부여하는 것이랍니다. 복도 끝에 열린 저 창문은 나처럼 긴장을 잘하는 누군가가 오늘 면접을 보는 사람들을 위해 열어둔 작은 배려, 오늘따라 유독 깔끔한 내 구두는 이른 아침 나를 떠올리며 따뜻한 마음으로 닦아둔 엄마의 마음, 머리 위 벽에서 움직이고 있는 시곗바늘은 내 긴장을 풀어주기 위해 일정한 간격으로 박자를 맞추는 메트로놈의 응원…….

이렇듯 눈에 보이는 사물들을 좋은 예감으로 빗대어 표현해보는 거예요. 내 앞에 펼쳐진 환경들이 나를 열렬히 응원하고 있다고 생각해보는 거예요. 이야기를 부여하고, 이름을 지어줘도 좋아요. 그러한 소박한 비유들이 부담감과 낯선 환경 속에서 작은 윤활유가 되어주거든요. 내 안에서 다소 삐걱거리던 생각들이 윤기를 머금게 되는 순간, 세상은 어느새 우리의 편이 된답니다.

간절하다는 것은 달리 말하면 마음이 가파르다는 것이지요. 거친 호흡과 무뎌진 몸으로 내가 잘할 수 있을까 하는 고민이 들 때, 나지막이 마음속으로 빗대어보는 일은 긴장을 푸는 데 조금은 도움이 될 거라고 믿어요.

지금 당신 앞에 놓인 사물들은 어떤 방식으로 당신을 응원하고 있나요? 부디, 좋은 방향으로 비유해보세요. 생각의 마찰을 줄이면 우리 주변엔 온통 좋은 예감이 가득하다는 걸 느낄 수 있답니다.

; 평화

자기 비난은 그 순간에 답답한 심정을 어떻게든 타개해보려는 나약한 반성이다. 그렇게 가냘픈 평화와 자주 결탁하다보면 나의 감정은 쉽게 마모되어 끝내는 무책임한 열등감에 사로잡히고 마는 것이다. 쉽게 행복한 감정을 느낀다는 것, 달리 말하면 행복에 대한 임계점이 낮다는 것은 인생을 살아가는 탁월한 능력이라는 생각이 든다. 어떤 사람들은 쉽게 실망을 하고, 어떤 사람들은 그 실망 속에서도 작은 가치와 배움을 발견해낸다. 삶에서 벌어지는 수많은 현상들 중에서 절대적 가치를 지닌 것들은 얼마나 될까. 실은 주관적인 관점으로 인하여 결과의 느낌이 달라지는 경우가 대부분일 것이다. 그리하여 우리에겐 비난이 아니라, 조금 더 진지한 태도로 겸허히 나를 돌아볼 자아 성찰의 시간이 요구되어진다. 혹여나 내 주변에 있는 아름다운 가치들을 안일한 태도로 지나오지는 않았는지, 우리에겐 부지런히 스스로에게 솔직해져야 할 이유가 있다.

어딘가는 물론 부족한 인간이기 때문에,
우리에게는 반드시 살아가야 할 의미가 있다.
결핍과 부재는 물음이며
증명은 오직 내가 구현해내는 삶의 시간이다.

그럼에도 가끔씩 못난 스스로가
터무니없이 버거워지는 날이면,
그 옛날 웃는 얼굴을 그려보며
작게 당신의 이름을 발음해보는 것이다.

짙은 안개 속에서도 선명하게 흥얼거렸던

연보랏빛 자정 하늘처럼,

나를 벗어난 목소리가

너에게 닿을 때 즈음,

나는 어김없이 당신을 사랑하고 있다.

10. 우리는 우리를 사랑해야죠

좋은 사진을 찍기 위해서는 카메라 뷰파인더로 바라보는 대상과 나 사이의 초점을 조율할 줄 알아야 합니다. 그것만 이 아니지요. 햇살의 정도에 따라 창(조리개)을 더 열 것인 지 닫을 것인지도 고려해야 하고, 대상의 움직임과 나의 시 차도 신중하게 생각해야 합니다.

하지만 애정을 가지고 바라보면 그러한 절차 중 몇 가지에 실수가 있어도 꽤나 매력적인 사진이 된답니다. 물체가 흔 들리면 흔들린 대로, 노출값이 적으면 적은대로, 또 초점이 흐리면 흐린 대로 각각의 사진은 저마다의 이야기와 가치 를 지니고 있으니까요.

어쩌면 삶이라는 것, 살아가는 방식 또한 하나의 예술작품 으로 대우받아야 하는 건 아닐까요. 아무도 이해하지 못해 도 내가 나름대로 애정을 가지게 되면 그 자체로 소중한 작 품으로 인정받아 마땅합니다. 우리는 우리를 사랑해야죠. 사랑하면 조금 서툴러도 그것마저 너무 좋습니다. 오히려 는 조금은 모자란 내가 더 나다워서 좋다는 생각마저 들 때 가 있는 것처럼 말이에요. 행복이란 바로 그런 태도에서 비 롯되는 것이 아닐까요.

어찌됐든 우리는 우리를 사랑해야죠.

11. 돌아갈 곳이 있다는 것

기차에서 책을 읽는 것을 좋아합니다. 적당한 떨림과 넓은 창 너머로 보이는 풍경들 사이에서, 가만가만 책을 읽고 있으면 내 삶이 조금은 균형을 되찾아가고 있다는 기분이 들거든요. 예컨대 그런 기분을 또 느낄 수 있는 것이 있다면 한산한 주말 오후, 집 청소를 끝내놓고서 잔잔한 음악과 함께 오래된 여행 사진을 차분히 들여다보는 일인 것 같아요. 그때 걸었던 곳, 눈으로 그리고 손끝으로 만졌던 것들의 촉감들을 떠올리면서 내가 어떤 방식으로 스스로를 사랑해왔는지를 되새겨보는 거죠.

아마도 휘청거리던 마음을 다시금 단단하게 붙잡아줄 수 있는 것은 나를 사랑하는 순간의 느낌인 것 같아요. 살면서 점차 집중하게 되는 것은 '나'라는 존재잖아요. 많은 것들을 지나치고 후회하고 포기해왔지만 그럼에도 우리는 나를 사랑하기 위하여 여기까지 온 거잖아요. 가끔 스스로를 돌아보며 내가 어떤 방식으로 나를 대해왔는지 되돌아보는 자세는 때때로 흐릿해져버리곤 했던 나의 의미를 다시금 되찾아주는 소중한 성찰의 시간이 되는 것 같아요.

우리들의 진정한 고향은 스스로를 사랑하던 추억 속의 다정함인 걸요. 언제든 돌아갈 수가 있습니다. 사랑을 하고, 여행을 떠나고, 기차에서 창밖의 풍경을 감상하면서 노트 속에 작게 그날의 감정을 적어보는 거예요. 좋아하는 책 속의 문장을 여러 번 곱씹어 읽어 내려가듯이 내 삶의 소중한 순간들 속에서 슬그머니 미소 짓고 싶어지는 날이에요. 당신이 점점 자신의 삶에 스스로 매료될수록 당신이 원하던 각오도, 당신이 추구하던 여유도 더욱 가까이에 있다는 것을 느끼게 될 겁니다.

; 반려

그 옛날 철학자 파스칼은 말했다. 모든 인간의 불행은 단한 가지 사실, 자기만의 방 안에 홀로 머물 수 없는 데서 비롯된다고. 진실로 사람들은 인생에서 오직, 자기 자신만을 위한 공간을 필요로 한다. 또한 그 공간이란 때에 따라 단순히 물리적인 개념을 벗어나, 무언가를 영위하고 있는 행위 그 자체가 되기도 하며, 사색에 잠겨 스스로에게 몰입할 수 있는 시간을 의미하기도 한다.

생각해보면 나는 늘, 스스로와 대화하기 위한 무언가를 필요로 했다. 어린 시절에는 관절이 유연하게 움직이는 장난감을 가지고 싶었고, 학교에 갈 무렵이 되어서는 내 방을 가지고 싶어 했다. 교복을 입게 될 때 즈음 늘 지니고 다닐 수 있는 MP3플레이어를, 독립을 하고 난 이후로는 혼자 산책을 할 수 있는 여유를 원했다.

멍하니, 하루에 한 두 시간씩 거리를 걷는 일이 타자에게는 시간 낭비처럼 느껴질지는 몰라도 내게 그 행위는 나 자신과 대화를 나누기 위한 노크 소리와도 같은 것이다. 스스로와 대화를 나눌 때에도 일종의 에티켓, 배려와 존중이 필요하다는 사실을 나는 알고 있다. 그리하여 무턱대고 내 질문에 대한 답을 내어놓기를 바라지 않고 충분히 마음을 두드리며 시간을 내어주는 것이다.

집 근처의 하천가를 걸으며 호흡에 집중해본다. 살갗에 닿는 정오의 햇살이 꽤나 뜨겁다. 오늘도 자기만의 방의 문을 두드리면서 나는 걷고 있다. 눈앞에서는 강아지가 살랑살랑 꼬리를 흔들며 주인과 함께 산책을 하고 있다. 둘 사이를 이어주고 있는 얇은 줄 하나에 깊은 우애심이 자리하고 있음이 느껴졌다. 따뜻한 관심으로 인생의 진로를 함께 나아갈 반려가 있다는 사실이 아름다워 보였다.

내게도 그러한 존재가 있을까. 실은 애타게 사랑을 갈구할 때에도 돌아보면 잠깐의 고독을 바랐고 속 시원한 독백을 원했다. 때때로 그 안에서 긴 우울함에 젖어 뒤척이기도 했지만 결국에 나아갈 길을 찾은 곳은 내가 혼자 머물 수 있는 사색의 공간을 통해서였던 것 같다. 바로 이 시간이 곧 나의 고마운 반려인 셈이다. 거창한 유혹의 말이 없어도 순수하게 나를 탐구해볼 수 있는 시간, 지도에 나와 있지 않고, 달력에도 없으며, 시계에도 표시 되지 않는 나만의 방이 내게는 있다. 자기만의 방이 있다면 탄식도 기진맥진한 삶의 무게도 모두가 아름다워질 여지를 지닌다고 믿는다. 결국, 삶의 원동력이란 나와 얼마나 더 긴밀한 대화를 나누고 있느냐에 달린 것은 아닐까.

가끔 나는 한 권의 책이었고,

때때로 나는 수많은 눈송이들 중 고작 하나에 불과했다.

이윽고 나는 잠시 빌려 쓰던 지우개였고,

어느새 서랍 속에서 잊혀져버린 오래된 편지였다.

나는 잔잔해질 줄을 모르던 파도였다가,

닿을 수 없어 울먹이는 먼발치의 별이었다가,

지난밤에는 홀로 꿈속을 여행하던 어린아이이기도 했다.

오늘은 꽃이 저문다는 핑계로

당신에게 고백을 하는 이가 되어야지.

사랑에 관하여 속삭이려다 그만,

이렇게 봄이 지나간다며 더디게 또 나는 먼 길을 걷겠지.

12. 육체의 경직과 마음의 혼란

학창시절 달리기 경주, 출발 선상이었던 것 같아요. 어렸을 적부터 달리는 것을 무척 좋아하곤 했는데, 이상하게도 기록 측정이나 달리기 시합에서는 가슴이 두근거려서 호흡이 내 의지대로 조절되지 않더군요. 자연히 좋은 기록을 달성하지는 못했던 기억이 납니다. 말 그대로 너무 긴장한 탓이죠. 이처럼 똑같은 거리를 달리더라도 출발신호가 어디에서 들려오느냐에 따라 우리는 전혀 다른 분위기를 느끼곤 한답니다.

곰곰이 생각해보면 그토록 즐거웠던 일이 한순간 긴장감에 휩싸이곤 했던 이유는 스스로 '출발 시점'을 제어할 수 없는 상황 때문인 것 같아요. 보통의 경우 내 안에서 직접 울려 퍼지는 자발적인 의지에 지레 겁을 먹고 긴장을 하는 일은 드물 테니까요.

이렇듯 달리기 출발 선상에서 흔히 경험하는 육체의 경직과 마음의 혼란으로 호흡이 무너질 때, 중요한 것은 바로 '무게중심'이랍니다. 경직된 근육이 제대로 된 능력을 발휘하지 못할 때, 앞발에 알맞게 설정된 무게중심은 자연스럽게 중력의 지지를 받으면서 우리를 앞으로 더 힘차게 도약할 수 있도록 도와주곤 하니까요. 그리고 마음속으로 나지막이 속삭여보는 겁니다.

"좋은 결과는 더 잘하려고 무리하는 것이 아니라, 불필요한 동작을 하지 않는 것에서부터 출발하는 거야."

물론, 달리기와 마찬가지로 우리의 삶 역시도 무게중심을 어디에 위치시키는지에 따라서 불필요한 동작과 오류를 최소화 할 수 있지요. 더불어 올바른 무게중심을 지닌다는 것은 단지 육체에 국한된 일은 아닐 거예요. 문득, 삶이란 태도에 따라 그 흐름을 달리한다는 생각이 드네요. 덜컥 여전히 제자리걸음일 뿐이라며 기운이 빠지는 날에는 나를 바라보는 시각의 무게중심을 조금 달리 설정해보아도 좋을 것 같아요. 어쩌면 같은 자리일 지라도 시간의 지지를 받으면서 더 깊어졌거나 드높아졌을지도 모르니까요.

"좋은 결과는 더 잘하려고 무리하는 것이 아니라,
불필요한 동작을 하지 않는 것에서부터 출발하는 거야."

2부

마음의 균형으로 다가서기

13. 사색의 힘을 믿어요

오늘은 거리를 걸으면서 왜 우리는 꽃을 선물하는가에 대해 생각을 해보았습니다. 아무래도 잘은 모르지만 그저 한 순간에 지나지 않는 아름다움이 퍽이나 짧게 스치며 사라진다 하여도 그것이 얼마나 소중한 일인지 깨닫게 하기 위함은 아닐까 하는 마음이 들었지요. 그리하여 웃으며 노을을 바라보았습니다. 괜스레 잠이 잘 올 것만 같은 예감이 들었어요.

저는 최소한 하루에 한 시간 이상은 거리를 걸으며 사색을 즐깁니다. 그때 하는 생각에는 제약이 없고 제한을 두지도 않지요. 주제도 상관없습니다. 중요한 것은 내가 주체가 되어 그 시간을 이끌고 나아간다는 것이지요. 예컨대 성실하게 하루를 산다는 것, 주어진 하루를 알차게 보내는 것이 육체적인 활동에만 국한된 행위는 아닐 겁니다. 요즘 점차 우리에게 부족한 것이 있다면 스스로 생각하는 힘이 아닐까요.

내 감정을 알맞게 소화시키기 위해서는 스스로 그것들과 정면으로 마주할 수 있는 용기가 있어야 한답니다. 산책을 통한 사고의 증진은 복잡한 생각들이 너무 오래 고여 있지 않게끔 닫혀 있던 마음에 환기를 도와줍니다. 나이가 들수록 당신의 감정이 점차 연약해지고 있다고 느낀다면, 이처

럼 사색의 시간을 활용하여 스스로 마음의 건강을 회복할
수 있도록 해야 합니다.

결국에 내 삶은 내가 짊어지고 나아가야 하는 것이니, 고민
도 선택도 결정과 후회도 모두 내가 주체가 되어야겠지요.
그래야만 다른 누군가를 탓하지 않을 수 있으니까요.
하루가 벌써 저물어가는 중입니다. 붉게 흩날리던 하늘의
꽃잎들이 먹먹한 밤의 온기에 조금씩 잦아드네요. 당신은
하루 동안 자기 자신과 얼마나 많은 대화를 나누고 있나
요? 그대가 당신을 기다리고 있습니다. 당신의 목적인 스스
로의 인생으로부터 멀어지지 말아요. 사색의 힘을 믿어요.

; 호정好情

자주 지나치던 골목 귀퉁이 집 앞에 작은 울타리 하나가 생겼다. 그리 높지는 않아서, 여전히 그 너머로 조용한 집 한 채가 보이는 정도였다. 가까이 다가서니 '밟지 마세요' 라는 조그마한 팻말이 세워져 있었다. 아마도 많은 사람들이 화단을 밟거나, 가로질러갔기 때문인 것 같았다. 몇 해째 살고 있는 동네지만 나도 그 공간이 누군가 애정으로 관리하는 화단이라는 사실을 눈치채지는 못했다. 심지어는 길가에 피어 있던 그저 작은 잡초정도로 여겼을지도 모른다.

조심스레 울타리를 지나며 나는 언젠가 돌연 멀어져버렸던 관계들을 떠올렸다. 혹여나 나는 그들의 소중한 무언가를 무심코 상처 입히지는 않았을까. 단단하고 두터운 벽이 되기 전에, 나는 우리 사이에 놓인 그 작은 울타리를 알아채야만 했던 것이다. 어쩌면 모든 이의 가슴 속에는 끝내 지키고 싶은 무엇이 있을 텐데, 세상과 선을 긋고, 담을 쌓아 올릴 지라도 결코 침해해서는 안 되는 자기만의 영역이 있을 텐데, 내가 그것을 너무 가볍게 생각하지는 않았나 스스로를 돌아보게 되었다.

그리곤 가슴이 실컷 먹먹해졌다. 차갑게 돌아서며, 아픈 말들을 내뱉던 우리들은 실은 서로에게 간절하게 고하고 있었던 것이 아닐까. 나의 소중한 호정을 함부로 여기지 말아

달라고 말이다. 왜 우리는 알지 못했던 걸까. 서로가 서로
를 할퀴던 표현들이 부디, 나의 작은 울타리가 되어달라는
조그만 울음이었음을.

그 작은 공간 하나 지켜주지 못했으면서, 감히 사랑이라는
말과 믿음이라는 말을 건네곤 했던 내가 미웠다. 해질 무렵
이 되자 슬픔은 더욱이 짙어졌는데, 한편으로는 내게도 작
은 버팀목과 울타리가 있어야 한다는 사실을 새삼 깨달았
기 때문이고, 또 한편으로는 한때 그것이 순전히 당신의 몫
이었다는 사실 때문이었다.

14. 인정받고 싶은 욕망

어린 시절, 꽤나 소심한 성격이었지만 부모님께 관심과 칭찬을 받고 싶어서 억지로 과장된 표현과 행동을 일삼았던 때가 있었답니다. 부모님은 맞벌이를 하셔서 저와 함께 보내는 시간이 많지 않았는데, 그래서인지 저는 두 분과 있을 때면 어떤 식으로든 애정 어린 그 시선을 차지하려고 애를 썼던 것 같아요.

하지만 그때마다 부모님은 큰 반응은 없이 그저 묵묵히 바라볼 뿐이었지요. 제가 기억하기로 저희 부모님은 그리 많은 칭찬을 해주는 성격은 아니셨습니다. 그때는 어린 마음에 제가 부모로부터 얻는 사랑이 결코 크지 않다는 생각이 들어, 자주 토라지기도 했었지요.

대학을 졸업할 무렵, 첫 번째 책을 출간했을 때에도 부모님은 나지막이 "수고했어, 아들"이라는 짧은 한마디로 축하를 전하셨지요. 그런 부모님의 침착한 태도 때문인지, 저 스스로에 대한 불안 때문이지 얼른 자리를 잡아 어머니, 아버지께 인정받고 싶다는 욕구는 계속해서 커져만 가는 것을 느꼈답니다. 실은 늘, 두 사람을 놀라게 해드리고 싶었지요.

서울에서 머물다 가끔, 고향에 내려갈 때면 가슴 한편에서 느껴지는 부끄러운 마음을 숨길 수가 없었습니다. 저로서는 별다른 성취도 없이 골방에 앉아 글이나 끄적이는 어정 잡이 신세로 여겨지는 것이 두려웠기 때문이지요. 그리하 여 가끔은 부모님과의 대화를 피하기 위해 일부러 늦게 일 어난 적도 있답니다. 사실은 오늘날 내 하루들에 대한 자신 이 없어서라고 말할 수도 있겠지요.

그날도 마찬가지였지요. 평일 오후 느지막이 일어나니, 부 모님은 벌써 출근을 하시고 텅 빈 집에 홀로 남겨져 있었는 데, 문득 어린 시절의 내가 떠올랐지 뭐예요. 조금은 울적 한 기분으로 거실에 앉아 주변을 둘러보니, 작게 열려진 문 틈 사이로 가지런히 쌓여 있는 앨범들이 눈에 들어왔습니 다. 그 안에는 온통 저와 누이에 대한 사진들이 빼곡하게 담겨있었는데, 사진 아래에는 평소 부모님께 듣지 못했던 메시지들이 가득 담겨 있었던 것이지요. 그 안에는 제 인생 의 명장면, 소중한 순간들이 세심히 기록되어 있었습니다. 부모님은 독립한 아들을 생각하며 늘 머리맡에 어린 시절 제 모습들을 두고 주무셨던 거예요.

그러니까 우리 어머니와 아버지는 언제나 송출되고 있는 라디오 주파수처럼 저를 사랑하고 있었는지도 모르겠습니 다. 다만 볼륨이 조금 작았을 뿐이겠지요. 생각해보면 부모 님은 늘 묵묵히 바라봐주는 방법으로 저를 사랑했던 것 같아요. 제가 흙탕물에서 마구 장난을 칠 때에도, 비디오테이프를 빌려보며 온종일 영화에 빠져 살던 시절에도, 형편없는 수능성적 때문에 재수를 하던 해에도, 대학생이 된 아들이 갑자기 소설을 쓴답시고 방문을 걸어 잠그던 때에도 두분은 언제나 저를 차분히 지켜보며 기다려 주셨지요. 자식에 대한 믿음과 사랑으로 잠잠하게 제가 세상에서 스스로의 의미를 찾아 헤매고 있던 그 몰입의 순간을 방해하지 않고 지켜주셨던 것이지요.

실은 부모님께 인정받고 싶다는 생각은 어찌보면 참 어설픈 욕심이었는지도 모르겠어요. 왜냐하면 우리들은 그분들에게 이미 자랑스럽고 대견한 존재이니까요. 궁극적으로는 나 스스로를 실망시키지 않는 삶이, 진정 부모님께도 기특한 자식으로 거듭나는 길이라는 생각이 들어요. 예컨대 우리들이 처음 울음을 터뜨리고, 걸음마를 배워나갈 단계에서부터, 아니 아주 작은 존재로 어머니의 뱃속에서 가벼운 움직임을 꿈틀거릴 때부터 부모님은 우리를 자랑스럽게 느끼고 계셨답니다.

여전히 두 분은 표현에 인색하셔서, '열심히 해라', '건강해라'처럼 아주 짧은 단어에 마음을 담아 전하는 것이 전부이지만, 그럼에도 이제는 스스로 지레 부끄러움을 느끼거나,

부족한 사람이라는 생각을 하지는 않습니다. 어쩌면 부모님에 대한 가장 큰 존경은 나 스스로를 열등한 존재로 생각하지 않는 일인 것 같아요.

; 그런 밤

속상한 일이 있을 때에는 유독 잠을 청하기가 어렵다. 웅성
거리는 생각들이 나를 꽉 붙들고 놓아주지 않는 것처럼 느
껴진다. 홀가분하고 가볍게 잠을 청하는 것만큼 감사한 일
이 또 있을까. 기어코 이부자리에서 벗어나 작은 창을 열어
두고 반쯤 몸을 기대어본다. 좁은 골목의 정적은 내 잠을
송두리째 삼켜버린 듯이 새까맣게 타들어간다.

나만 고립된 느낌, 자정을 훌쩍 넘긴 이 시간 속에서 나는
어지러움을 느낀다. 지금 내게 필요한 것은 무엇일까. 문득,
해안선을 따라 묵묵히 걷고 있는 나의 모습이 가슴 깊은 곳
에서 아려와 서글퍼진다. 그 순간 나는 어디서 그런 용기가
났는지도 제대로 알지 못한 채로 그에게 전화를 걸었다.

당신과 나를 이어주는 통화연결음, 내게는 그것이 깊은 밤,
나를 안아주는 작은 파도소리처럼 일렁이는 것을 느꼈다.
긴 밤, 길 잃은 걸음의 끝에서 나는 멍하니 당신을 향해 걷
고 있다. 허나 아직 잠이 덜 깬 그의 음성 앞에서 아무런 말
도 할 수가 없음을 깨닫고 말았다. 깊은 침묵, 꿈보다 달콤
한 침묵, 울음이 터져 나올 것 같았지만 애써 꾹 참았다.

과연 누군가의 단잠을 깨워 난데없는 눈물로 그를 당황케
할 만큼 나는 그에게 소중한 사람일까. 하지만 그가 있다

는 사실이 내게는 다행스러웠다. 수화기 너머에서 어떤 말을 전해야 할까 초조해하며 고심하고 있을 당신이 있어 정말이지 다행스러운 그런 밤이 있었다. 나의 일방적인 우울함을 이기적인 방식으로 쏟아내어도 가만가만 내 이야기에 귀를 기울여주던 한 사람이 있다는 것, 나는 그 고마움으로 또다시 호젓하게 이 밤을 지나쳐간다.

외로움 속에서도 휘청거리지 않을 다정함과
군중 속에서도 나를 잃어버리지 않을 차분함이 고맙다.
별안간 안착한 슬픔 속에서도
차분히 아침을 기다릴 수 있는 내가 되어야지.

15. 나약한 것은 아니다

누군가에게 맞서 싸워 자격지심뿐인 승리를 쟁취하지 않아도, 당신은 당신 나름대로 강하고 올바릅니다. 굳이 사랑을 합리적으로 해야 할까요. 마음은 저울에 달아볼 수도 없는데. 가끔 나는 서운합니다. 다수가 정해놓은 틀이 언제나 정답은 아니라고 배웠을 뿐인데 말이지요. 그래서 누구나 혼자입니다. 외로움은 자연스러운 감정이지요. 그럴 때가 있었고, 지금 그렇고, 앞으로 그럴지도 모릅니다.

그것은 잘못이 아니지요. 삶의 경로가 잘못된 것 또한 아닙니다. 당신이 도덕적으로 부끄러울 것이 없다면, 타인의 시선에 고개를 숙이지 않고, 충분히 당당해도 괜찮습니다. 하지만 부조리함에 꿋꿋이 대응하는 것은 보배로운 동시에 섭섭함을 맞이하는 일과도 같아요. 때때로 울어도 괜찮습니다. 슬퍼하는 일이 오직, 나약한 것은 아닙니다. 불안에 떠는 일이 굳세지 않은 것 역시 아니지요. 나를 위해 눈물 흘리는 것은 사는 동안 우리가 성취해야 할 목적 중 하나입니다. 당신의 감정에 충실히 귀를 기울여주세요. 그리하면 비록 어둠속을 걷고 있다 할지라도, 당신이란 의미는 퇴색되지 않습니다.

; 한사코

아무렴 영영 찾지 못할 것 같던 무언가를 우연히 발견하기도 하고, 결코 잃어버리지 않을 것 같은 누군가를 하루아침에 잊어야 할 때도 있었다. 정작 기억해둬야 할 것은 미처 생각하지 못한 채로 괜한 걱정들로부터 좀처럼 벗어날 수가 없던 시간들. 갈피를 잡지 못해 긴 밤 하염없이 생각에 잠기면 마음 안에서는 놓아주자, 놓아주자 한사코 그 다짐을 어루만지곤 했지만 이내 성급하게 창밖으로 햇살은 차오르지. 타성에 젖은 하루는 자꾸만 못내 내려놓을 수가 없는 것들을 따라서 흥얼거리듯 머릿속을 맴돌며 나를 잠 못 이루게 하네. 불 꺼진 식은 방에 덩그러니 앉아 보내지도 못할 메시지를 한참 동안이나 쓰고 지웠던 날이 있었지.

16. 삶이 온통 음악이 된다면

오랫동안 조율되지 못한 악기는 최고의 연주에도 연약한 소리로 화답할 뿐이지요. 당신이 고루 느끼고 있는 감정들을 외면하지 말고 틈틈이 깊게 들여다봐 주세요. 그래야만 아름다운 것을 아름답게 바라볼 수 있답니다.

실제로 깔끔하게 조율된 악기와 알맞게 연주되는 음악은 우리들의 감정이 알맞게 정돈될 수 있도록 도와주는 역할을 하기도 하지요. 저의 경우 매번 달리기를 할 때 듣는 플레이 리스트가 있는데, 가슴이 답답할 때 그 음악을 연달아 들으면 마치 달릴 때처럼 자연스레 호흡하고 있는 스스로를 발견하곤 한답니다.

언젠가부터 생긴 습관이 있다면 가까워지고 싶은 대상에게 평소 즐겨 듣는 음악에 대해 묻는 거예요. 그 대답 속에는 그 사람의 취향과 그 음악을 들을 때의 마음가짐, 그리고 함께한 추억들이 고루 묻어 있거든요.

음악 그 자체는 물론이거니와 그와 결합된 한 개인의 추억에 대해 공감하는 것 역시 우리의 삶을 보다 풍요롭게 만들어 준답니다. 말이 나온 김에 제게 소중한 음악 하나를 공유해 드릴게요. 이 책을 읽는 여러분들과는 제가 좋아하는 음악과 추억을 공유하고 싶거든요. 조금 더 가까워지고 싶다는 뜻이에요.

도심에 어둠이 내린 시간이었어요. 우리는 관람차에 올라
타서 조금씩 밤하늘에 가까워지고 있었지요. 아래를 내려
다보니 골목골목 수놓은 불빛들이 천천히 반짝이고 있었지
요. 관람차 내부에는 휴대폰과 연결하여 음악을 들을 수 있
는 앰프가 설치되어 있었고, 그때 제가 선택한 곡은 Troye
Sivan의 〈Youth〉였어요.

전주가 흘러나오자 우리는 서로의 눈빛이 빛나고 있는 걸
알 수 있었지요. 서로를 부둥켜안고 서툰 춤도 함께 추었던
기억도 나네요. 그 사람의 귓가에 입술을 가져가 작게 가사
를 따라 부르며 관람차가 밤하늘을 크게 한 바퀴 도는 동안
내 젊음은 당신의 것이라고 속삭였지요. 그리고 다시 지면
에 걸음을 내딛었을 때, 영혼의 목소리가 맑아지는 것을 느
낄 수가 있었답니다.

혼자 길을 걸을 때, 혹은 외로이 퇴근길에 올라 표정도 없
이 관성처럼 어딘가를 향할 때 문득, 그 노래를 들으면 그
제야 삶에 색깔이 입혀지는 기분이 들어요. 좋은 사람과 달
콤한 음악을 들으며 특별한 감정을 공유하는 일은 축복이
겠죠. 삶이 온통 음악이 된다면, 우리들의 복잡한 감정들도

알맞게 조율된 악기들처럼 맑은 화음을 이룰 수 있을까요?
이 세상에 음악이 있어 조금은 다행이라는 기분이 들어요.

; 비어 있음으로 충만해지는 것

행복에 관하여 심사숙고한 끝에 깨닫게 된 나름의 철학이 있다면, 완성과 완벽이 결코 매번 행복을 보장하는 것은 아니라는 사실이다. 내가 만족감을 느낀다면 그것은 미완성으로 남아도 충분히 아름다운 것, 그리하여 우리들은 완벽하지 않은 것으로도 행복을 성취할 수 있다. 돌아보면 실상 우리를 기쁘게 하는 것들은 모두 각자의 여백을 지니고 있는 부족한 것들이었다. 모든 예술이 그러하듯 깊은 내면의 어딘가에는 반드시 스스로의 슬픔을 머금고 있지 않은가. 우리는 완벽한 것이 아니라, 그 자체로도 이미 충분한 것을 통하여 행복에 이른다. 마찬가지로 결국에는 부족한 자기 자신을 인정하고 안아줄 수 있을 때, 삶 또한 예술이 된다.

17. 자유로워진다는 것

실은 모든 비교가 다 나쁘다고 말할 수는 없지요. 비교를 통해서, 나와 대상 사이에 있는 차이를 통해서 우리는 자신의 부족한 면에 대해 알게 되고 나를 한층 더 성숙한 영역으로 이끌고 나아가야겠다는 다짐도 느낄 수가 있으니까요. 하지만 타자와 나를 비교할 때, 상처를 경험한 대부분의 사람들은 그것을 지나치게 '소유'라는 개념으로 해석하고 있지는 않나 고심해볼 필요가 있습니다. 그 소유라는 것은 단순히 물질에 국한되어 있지 않고 정신의 영역까지도 포함한 것이지요. 예컨대 누군가는 자유로운 삶을 획득했는데, 나는 왜 이렇게 갑갑한 삶을 살아가고 있느냐며 스스로를 질타한다면 번번이 상대적 박탈감과 무기력을 경험할 위험이 있습니다.

하지만 객관적인 비교는 살아가면서 중대한 지표가 되기도 하고, 올바른 방향성이 될 수도 있습니다. 비교라는 것은 '나'라는 자아를 다른 무언가에 투영하여 나의 세상을 보다 폭넓게 만들어줄 수 있는 소중한 경험이지요. 다만, 누군가는 가진 것, 그러나 나는 가지지 못한 것. 그 소유라는 개념에 갇히는 순간, 우리는 어느새 안타까운 자기혐오의 길을 걷게 된답니다.

비교로부터 자유로워질 때, 우리의 마음은 가뿐해지지요.

동시에 비교로부터 진정 자유로워지는 것은 비교를 하지 않는 것이 아니라, 그 과정 속에서 '미움'과 '시기'라고 하는 두 가지 감정을 잘 제어하는 것일 거예요. 그 가장 쉬운 방법은 나다운 삶을 지향하는 것이겠죠. 더 보편적인 이론으로 해석해볼 때 그것은 에너지 보존의 법칙을 따르는 일이라고 봐요. 우리들이 과학시간에 한 번쯤은 들어봤을 법한 개념이죠. 그것은 우주의 운동을 설명하기 위한 물리학의 기본 법칙인데, 어찌 보면 인간과 사회라는 것 역시 우주의 작은 영역, 소우주이니 우리도 그 안에서 자기다운 삶의 법칙에 충실할 필요가 있지는 않을까요.

에너지 보존 법칙에 따르면 운동에너지, 위치에너지, 열에너지 등 모든 형태의 동력원은 갑자기 생기지도 않고 사라지지도 않습니다. 그리고 그 기본적인 물리학 법칙의 토대 위에 우리의 과학과 문명이 사회를 형성하고 있는 것이지요. 각각의 에너지들은 다만, 서로 모습을 바꾸어 나타날 뿐이며 그 과정에서 나타나는 전체 에너지 질량은 동일합니다.

요컨대 내가 가진 감정의 힘은 평등해요. 즉 누군가 무언가에 불만을 표출한다면 상대적으로 기쁨을 추구하고 누릴 에너지는 줄어들게 되는 것이고, 반대로 말하여 미워하는 마음을 줄이고 관용과 배려에 더 집중하면 나는 행복에 관한 더 큰 원동력을 지니게 되는 것이지요.

우리는 다른 누군가보다 더 가진 혹은 덜 가진 존재가 아니라, 각자 다른 분야에서 자기만의 고유한 색깔과 의미로 성장해가는 존재인 거죠. 전체 에너지의 질량은 동일하며, 다만 그것이 서로의 개성에 알맞게 모습을 바꾸어 발현될 뿐이라고 믿습니다. 그러니 가지지 못해서 미워하거나, 시기하지 않아도 우리는 그 자체로 하나의 우주이며, 세상이고, 전부라는 사실을 잊지 말았으면 좋겠어요.

18. 다음 그리고 닿아 있음

아침에 일어나서 먼저 하는 일은 세수를 하고 거울 속의 나를 들여다보는 일이에요. 일종의 나만의 의식인 셈이지요. 잠시 눈을 맞추는 동안 사실상 어떤 생각도 내 안에는 존재하고 있지 않습니다. 어쩌면 나와 마주한다는 것은 그토록 고요하고 정적인 마음수양인지도 모르겠네요.

그리곤 체크리스트에 오늘 해야 할 일에 대해 적어놓습니다. 대략 적게는 다섯 가지 그리고 많을 때는 여덟 가지에서 열 가지의 일이 서술되곤 하는데, 솔직히 말해서 오늘 해야 할 일을 모두 다 알맞게 수행한 하루는 일주일에 고작 하루 이틀 정도에 지나지 않아요. 그 이외의 날은 모두, 어딘가 서툴렀고 모자란 시간이었단 뜻일까요.

체크리스트 목록에 적혀 있는 일이 그리 어려운 일도 아닙니다. 업무나 경제활동에 관한 것도 있겠지만, 청소 같은 단순한 집안일부터 취미나 흥미 위주의 일, 그리고 가까운 지인에게 안부 묻기에 이르기까지 넓은 범주의 활동들이 적혀 있답니다.

역시나 오늘도 그것들은 '완벽히' 수행하지는 못했지만, 너무 크게 낙담하지는 않습니다. 내일은 또 거울을 바라보며 나와 닿아 있을 것이고 어쩌면 오늘 하지 못했던 일들을 태연하게 수행하게 될 지도 모르니까요.

체크리스트에 남겨진 항목들이 며칠 뒤로 넘어가거나 여전히 미완료 항목으로 남아있다고 해도 매섭게 동요할 이유는 없어요. 일상을 경쟁하듯 대하면 결국에 가여워지는 것은 나 자신일 테니까요. 무책임이라고는 생각하지 않습니다. 나는 열렬히 오늘에 임하였으니 내일로 미루어진 항목들도 차츰차츰 내 마음을 헤아려줄 거라고 믿어요. 단호하게 말할 수 있는 것은, 살아가는 일이란 조금 천천히 진행되어도 아무런 문제 될 것이 없다는 것이지요. 아무쪼록 저는 그렇게 시간을 음미하면서 제멋대로 구는 것이 즐거운 삶이라고 생각한답니다.

생명, 사물, 공간
실은 이 세계에 존재하는
무언가들은
각자의 고유한 존재 방식을 지니고 있다.
그것들은 각자의 고유한 방법으로
세상과 호흡하며 나름의 질서를 이룬다.

그리고 각기 다른 질서들이 모여
또 새로운 관계의 방정식을 정립하고
그로부터 도출된 결과는 '개체'이면서
동시에 '집합'으로 불리기로 한다.
어쩌면 그것들을 고루 느끼기 위해서는
보다 깊은 의미의 성찰이 요구될 것이다.

혼자라는 말은 그런 것이다.

비로소 유일하면서 동시에 어디에나 있는 것.

결코 혼자서는 존재할 수 없는 우주의 모순이자 경계.

혼자라는 단어 속에는 세상과 나 사이에 깃든

저마다의 존재 방식과 고유한 철학이 있다.

그리하여 우리는 홀로 그곳에 머물 때,

진정한 나다움이 무엇인지에 깊이 다가서는 모양이다.

; 질서

시간을 조금 더 효율적으로 사용하고 싶어서, 내가 어떻게 하루를 살고 있는지 적어본 날이 있었다. 나는 어떻게 하루를 살고 있을까. 실상 내가 살아가는 방식을 기술해보니 어제와 별반 다르지 않다. 집 그리고 작업실에서 원고 쓰기, 하루 몇 잔의 커피 마시기, 다소 늦은 끼니를 먹고, 자주 가는 편의점에서 간식거리를 고민하다가 소라과자 집어오기, 2호선 지하철을 타고서 합정역에서 당산역을 향할 때 창문을 비집고 들어오는 해질 무렵의 노을빛 들여다보기.

새삼 적어놓고 보니 의외로 불필요한 시간들이 보이지 않는다. 다만, 내 삶의 질서들은 나의 행동반경처럼 다소 단조롭다는 사실이 느껴질 뿐이다. 여유가 없다며 한숨만 푹푹 내쉬곤 했던 하루들을 기껏 다시 돌이켜보니, 평범하지만 그보다 더 좋을 순 없는 하루들의 연속이었던 것이다. 새삼 한결같은 하루를 살아가고 있다는 것에 묘한 자긍심이 느껴지기도 했다.

하루를 가득 채워 산다는 것은 그렇게 자신이 쌓아온 삶의 질서들 속에서 반복되는 일상에 감사하는 일일까. 그리고 간간히 허락되는 변주, 가령 집으로 친구를 초대하거나, 늦은 밤 홀로 영화관에서 슬픈 영화를 감상하고, 가까운 지인들과 맥주 한잔을 마시며 시시콜콜한 대화를 나누기도 한다. 아마 내일도 오늘처럼 조금은 심심한 듯 무덤덤하게 흘러가는 시간 속에서 나는 나름의 애착으로 하루를 가득 살아가겠지.

아무렴, 내가 이뤄온 삶의 질서들 앞에서 당당하게 살아가는 일이 시간을 가장 효율적으로 사용하는 일이라는 자부심이 생겼다고나 할까. 늘 시간에게 수입보다 지출이 많은 존재였지만, 그럼에도 손해를 봤다고 생각하지는 않게 되었다.

너무 애쓰지마. 전해질 마음, 이루어질 일이라면
그렇게 무너질 듯 가슴 졸이지 않아도
자연스레 흘러갈 거야.

그렇게 아등바등하지 않아도 괜찮아.
너 무책임한 거 아니야.
진짜 무책임한 건, 너무 힘들고 아픈데도
계속해서 스스로를 몰아세우고
어두운 방에 가두는 일인 거야.

자연스레 흘러가는 대로 잠시 동안은 내려놓자.

19. 비가 내리고 있습니다

비가 내리고 있습니다. 이 글을 쓰고 있는 동안에는
말이에요.

어느 날 무심코 비 오는 창을 바라보다가 써내려간 문장입
니다. 다소 평범할지도 모르겠지만 저는 이 문장을 무척이
나 애정한답니다. 이 문장에는 사실만이 있어요. 판단도, 평
가도 포함되어 있지 않은 단순히 바라본 그대로, 느껴지는
그대로가 명시되어 있을 뿐이지요.

가끔은 우리가 너무 많은 것을 재단하고 판단하고 있다는
생각이 들거든요. 있는 그대로를 헤아리지 못하고 그것을
자꾸만 어떤 기준과 시각의 틀로 해부하려고만 하는 나를
발견하고 말아요. 허나 매순간 그런 태도로 삶을 살다가는
내 감정이 덜컥 탈진에 이르지는 않을까요?

가치 판단이란 꼭 당장 내려야만 하는 일은 아니랍니다. 어
쩌면 아무런 의도도 없어요. 우리가 여기에 있고 나로 살아
가는 건 그냥 존재했고 벌어진 뒤에 인지하게 된 삶의 방향
일 뿐이지요.

내려다보는 것이 아니라, 그 순간에 동화되어 함께 호흡하
는 것도 하루를 즐겁게 살아가는 방법인 것 같아요. 마음에

고요함을 선사하는 문장처럼 느껴져서는 저는 가끔씩 이 문장을 중얼중얼 몇 번이고 되뇌곤 한답니다. 비가 내리고 있습니다. 이 글을 쓰고 있는 동안에는 말이에요. 그리고 오늘은 그 뒤에 들어갈 문장도 조심스레 더 적어보았지요.

> 곧 있으면 이 비도 지나갈 거예요. 세상이 온통 맑은 햇살에 반짝일 거예요.

기대가 현실이 되었으면 하는 바람으로 당분간은 멍하니 그 풍경에 나를 내버려두려고 해요.

20. 시간낭비가 아니에요

때때로 절대로 소설을 읽지 않는 사람들을 보면 퍽 서운한 마음이 듭니다. 그렇다고 해도 '소설은 꼭 읽어야 해!'라고 강요할 생각은 눈곱만큼도 없으면서 혹여나 소설을 읽는 일이 부질없다는 생각에 갇혀 있는 것은 아닐까 으레 걱정스러운 마음이 들어요.

예컨대 소설 몇 권을 읽는다고 해서 인생의 판도가 급격히 달라지는 것은 아니지요. 하지만 모든 부류의 책도 다 같은 맥락이 아닐까요? 책을 많이 읽는다고 해서 현실적인 삶의 형편이 금방 나아진다고는 단정 지을 수 없습니다.

그럼에도 우리가 문학을 읽는 이유는 그 안에 '이야기'가 있기 때문이지요. 기본적으로 소설의 구성은 발단, 전개, 위기, 절정, 결말의 과정을 포함하고 있지요. 이러한 내용을 읽고 현실의 '나'를 '등장인물' 혹은 주어진 '상황'에 대입해보는 것만으로 우리 경험의 폭은 넓어질 수 있다는 생각이 듭니다. 달리 말하면 어떤 사건에 입각하여 느낄 수 있는 감정의 세밀함이 깊어지고 사고의 범위가 확정된다고 말할 수 있습니다.

예컨대 경험은 나이가 많다고 해서 마냥 쌓이는 것 같진 않습니다. 다만, 적극적으로 감정을 이입해보고 사색에 잠김으로써 우리는 꽤나 근사한 어른이 되고 있다고 믿을 뿐입니다. 우리는 소설 속에서 타인이 내어놓은 작은 해답을 체험할 수 있으며 그 안에서 나에게 알맞은 삶의 방식에 대해 이해해갑니다. 소설의 재미는 바로 그런 점이지요.

없어도 살아갈 순 있지만, 곁에 머물러서 참 고마운 존재들이 있습니다. 저에겐 음악과 영화, 책이 그런 부류이지만, 아마 사람들에겐 각각 자기만의 낭만이 존재할 테지요. 사실 그것들이 사라진다고 해서 우리가 삶을 영위할 수 없는 것은 아닙니다. 허나 그 낭만이 우리 곁에 머물고 있기에 더욱 생기 넘치는 삶이 계속되는 것은 아닐까요.

낭만을 가지고 살 수 있다는 것은 말이죠. 참 다행스러운 일이에요. 단순한 기쁨에서 더 나아간 정서가 그 안에 담겨 있기 때문이지요. 당신을 기쁘게 하는 것, 그것은 시간낭비가 아닙니다. 그저 낭만이지요.

; 차분하게 그리고 담담하게

살다 보니 돌이킬 수 없는 것들에 구태여 너무 많은 감정을 소모하고 있다는 생각이 들곤 한다. 후회해도 늦었다는 것을 알지만 쉽게 벗어나기가 어려운 것도 사실이다. 나는 알고 있다. 애석하게도 완연한 그 순간은 이미 흘러가버렸다는 것을. 하지만 마음을 얻는 것만큼이나 그것을 내려놓는 일이 얼마나 어려운 일인지에 대해서도 깊숙이 체감하고 있다.

무언가를 가지려는 욕구보다 것보다 더는 내 것이 아닌 것에 연연해하지 않는 방향으로 삶의 흐름이 바뀌고 있음을 깨닫는다. 어제가 아닌 오늘에 머물고 있는 삶이란 어떤 것일까. 이런저런 이유로 엉켜 있는 지금까지의 나를 차분하게 그리고 담담하게 풀어헤쳐서는 가능한 평평한 곳에 가지런히 놓아두고 싶다.

21. 감정을 왜곡하지 않는 태도

살면서 가장 떨렸던 순간은 언제였을까?

그 물음 앞에 서서 깊이 생각해보면 용서를 구하던 때의 경험이 떠오릅니다. 어찌하여 미안하다는 말을 꺼내는 일은 그토록 어려운 것일까요.

크고 작은 미안함이 내 안에는 자꾸만 쌓여가는데, 그 마음을 진심으로 전달하는 일은 갈수록 어려워짐을 느낍니다. 어떤 일화를 대하는 사람의 태도와 시각이 제각각 다를 수 있기 때문에, 심지어는 내가 미처 알지 못했던 일에 대해 사과를 해야 하는 경우도 생기곤 하고 말이에요.

미안함을 표현하고 싶다는 결심은 했는데, 막상 그 사람 앞에 서면 어디서 어떻게 사과를 해야 할지 좀처럼 운을 띄우기가 쉽지 않아요. 언제나 어렵고, 서툴 수밖에 없는 일이 사과하는 일은 아닐까요. 결국에 잘못을 시인하고, 용서를 구하는 일은 살아가면서 꼭 필요한 역량이라는 생각이 듭니다.

중요한 것은 용서를 하는 일이란 꼭, 상대방의 입장을 우선적으로 고려해야 한다는 거예요. 무턱대고 나의 마음만 표현한다고 해서 상대방의 마음이 풀리는 것은 아니랍니다.

그리하여 제가 내린 결론은 감정을 왜곡하지 않는 것입니다. 사과를 할 때에는 반드시, 나의 감정과 당신이 느꼈을지도 모를 감정에 대해서도 함께 다루는 이타적인 태도가 필요하니까요.

그러면 자연히 함부로 미안하단 말을 하지 않게 됩니다. 상대방의 기분이 어떠했을지 간접적으로나마 느끼게 되기 때문이지요. 잘못을 깨닫고, 스스로 충분히 반성의 시간을 가지고 난 뒤에 사과를 해야만 그 진정성이 전해진답니다. 구구절절한 변명 대신에 내 잘못을 알고 난 뒤에 내가 느낀점과 그간 상대방이 겪었을 기분에 대해서만 이야기 하는 것이 좋습니다. 그편이 훨씬 감정을 솔직하게 전달할 수 있기 때문이지요.

마지막으로 기억해야 할 것은 사과의 우선적인 목적이 나를 변호하는 일은 아니라는 겁니다. 사과는 참된 마음으로 용서를 구하는 일, 나의 잘못을 인정하고 앞으로는 당신과 나의 관계를 위해 더 노력하고 배려할 것을 약속하는 일이지요. 그리하면 비로소 진심 어린 사과가 이루어진다고 믿습니다. 사려 깊은 사과와, 다정한 용서는 서로를 더 존중하는 방법에 대해 깨닫게 해준답니다. 관계는 그 과정을 통해서 더욱 공고히 쌓여가지요. 어쩌면 첫 만남만큼 중요한 때가, 서운했던 감정이 회복되는 순간일 거예요.

미안함이 자꾸만 쌓이면 언젠가는 멀어지는 계기가 됩니다. 상대방에게 떳떳하지 못할 근거로 작용하게 될 지도 모르죠. 상대도 내 마음을 다 알고 있을 거라고 생각한다면 그건 오산입니다. 혹여나 상대가 나를 이미 용서했을 지라도 내가 정성스레 사과를 하지 않는 한, 스스로 자신을 용서하지는 못한 것이니까요.

가슴에 담아두어야 할 테지요. 헛된 용서와 사과는 존재하지 않는다는 것을 말이에요.

; 늦은 안부

가끔 멀어진 사람들을 생각한다. 제때 사과하지 못하고, 조금 더 많이 이해하려고 노력하지 못했던 때의 감정들이 눈을 감아도 희미하게 내 곁에서 아른거리곤 한다. 조금 더 어린 시절이었기 때문에 개성과 취향이 더 많이 닮아 있었기 때문에 더 깊은 곳에서 뿌리처럼 내게 머물다 떨어져나간 사람들, 너무 가까워서 말하지 않아도 내 마음을 다 알아줄 거라고 믿었던 관계들, 한낮의 햇살이 조금씩 창문 틈 사이로 기울어질 때, 따뜻한 커피 한 잔을 손에 쥐고서 그때 딱 이만큼의 온기를 담아 진심 어린 한 마디를 건네지 못했던 시간을 뉘우쳐본다. 언제나 그대들에게 평온과 안정이 함께하기를.

22. 행복은 어디서 어떻게 오는가

요즘은 가슴 벅찬 행복의 순간 속에서도 드문드문 내 안에 뜻 모를 불안감을 느끼곤 합니다. 이유는 잘 모르겠어요. 그저 막연한 걱정이 마음 안에 혼재하고 있음을 느낄 따름입니다. 나는 지금 행복한데, 왜 두려운 것일까. 한동안은 그러한 고민 때문에 잠을 이루지 못한 적도 있을 정도예요.

그 씁쓸함의 출처에 대해 심사숙고하다 어느 날은 행복과 즐거움 속에서도 구태여 차갑고 어두운 감정으로 걸음을 옮기고 있는 나를 발견하고 말았답니다. 이유가 있다면 그것은 아마도 스스로의 감정을 신뢰하지 못하기 때문인지도 모르겠어요. 내가 지금 이러한 행복을 누릴 자격에 있는가에 대한 의심을 품고 있기에 그런지도 모르죠.

그렇게 늘 지나가고 나서야 뒤늦게 안도하는 모순을 반복하고 있는 것 같아요. 그때가 정말 행복했던 거구나 하고 말이에요. 지금 이 순간 완전히 그 감정 속에 머물고 있는 나와, 지나간 순간을 떠올리며 과거를 추억하는 일은 조금 다른 차원의 느낌이지요. 어쩌면 훈련이 부족한 것일까요. 행복은 어디서, 어떻게 오는 게 아니라, 그저 늘 여기에 있는 건데 말이에요. 하루의 끝에서, 나를 웃게 했던 것들, 잠시 마음을 기댈 수 있던 순간들, 묵묵히 서로를 응원하는 연대감, 깊이 들여다보면 윤이 나게 빛나고 있는 그 행복의 인상들에게 마음속으로 작게 감사의 말을 읊조려보는 것도 좋을 것 같아요.

행복은 불안의 잠식 속에서 오는 것이 아니라, 그 안에서 함께 피어오르는 은은한 향기와도 같지요. 만약이란 정서적 위약에서 벗어나 지금 내가 느끼고 있는 감정의 힘을 믿어봅시다. 행복은 정복하는 것이 아니라, 느껴지는 그대로 감사하는 일이라고 말이에요. 구태여 퍼즐을 완성하려고 애쓰는 것 보다 먼저, 쏟아지는 작은 햇살, 차분히 그 온기에 나를 허락해보는 것도 꽤나 멋진 인생이잖아요.

도처에 꽃잎이 만개해 있어도

바라보고 느끼지 않으면 나는 모른다.

그것은 오늘, 내게 주어진 하루에 해당하는 말이다.

; 살아간다

감정은 짙은 은유와 무거운 침묵 속에 있어서 때에 따라 그 것을 번역하여 읽어 내려가는 과정이 필요하다. 어떤 이들 은 그 행위를 지혜로운 타자가 옮겨놓은 자막으로 이해하 기도 하고, 또 어떤 이들은 어렴풋이 자기만의 언어로 스스 로를 달랜다.

사람들은 왜 어딘가를 향할까. 모두들 자신들도 제대로 헤 아리지 못하는 어떤 욕망에 이끌려 계속하여 무언가를 추 구한다. '생존'이라고 하는 의미, '살아 있다'라고 말할 자부 심이 사람에겐 저마다 다른 방식과 기준으로 이루어져 있 음을 느낀다.

누군가의 이유는 돈이고, 누군가의 이유는 안정감이며, 누 군가의 이유는 사랑일 것이다. 아마도 누군가의 죽음은 무 료한 삶이고, 누군가에게 죽음은 무관심이고, 누군가에게 죽음은 다음이 없는 약속일지도 모르겠다.

나를 이끌고 가는 마음속 욕구는 무엇일까. 여전히 분명하 게 알지 못하기에 아직까지 완전한 체념에 이르지는 않았 다. 하지만 단언할 수 있는 한마디가 있다면 희망의 존재여 부에 대해 말할 권한은 결코 타자로부터 오지 않는다는 것 이다.

그리하여 내게는 오직 나를 읽어 내려가는 일이, 오늘의 목적인 동시에 이 세상 속에서 투쟁하는 이유로 남아 있다.

무던한 하루에 공연한 윤기를 부여해주는 것은
그것을 알맞게 누리기 위한 나만의 시간이다.
그 시간을 아깝다고 생각한다면
제 아무리 부지런히 살아간들
정작 스스로에게는 한껏 게으른 인생일 뿐이다.

23. 멀어져 간다

어른이 되어갈수록 소중한 무언가와 어쩔 수 없이 멀어질 수밖에 없는 순간이 온다는 것을 실감하게 됩니다. 예컨대 유년의 시절에 머물지 못해 졸업을 하고, 사랑했던 사람과 마지못해 이별을 하며, 오랫동안 열정을 다한 일을 그만두고, 우리는 또 다시 먼 길을 돌아가곤 하지요.

흔히 '지나간다'라고 이야기하는 것들은 정말로 지나간 것일까요. 그 물음 앞에 서서 깊이 생각해보면 여전히 내 안에서 지나가버린 그 무언가들이 조용히 숲을 이루고 있음을 깨닫곤 합니다. 변한 것이 있다면 그 감정을 마주하고 있을 때의 느낌들이겠죠. 특별해 보였던 나만의 슬픔이 여간 대수롭지 않은 것이 되었다가, 별로 연연해하지 않던 과거의 경험들이 나를 울고 웃게 만들기도 하지요.

생각해보면 인생이란 항상 여기에 머물지 못한 채로 늘 무언가를 추구하는 과정의 연속인 것 같아요. 지나가버린 일을 대하는 나의 태도에도 변화가 생기게 되고 말이에요. 대상과 나의 거리, 대상을 마주하는 나의 눈높이가 달라졌기 때문이라고 말할 수도 있겠죠.

생생한 그 순간의 감정과 담담하게 지나온 과거를 돌아보는 느낌 사이에는 꽤나 큰 차이가 있을 거예요. 무엇이 더 중요하다거나, 어떤 것이 더 위대하다고 말할 수도 없어요. 하지만 분명한 것은 그 순간에는 그때의 내가 느끼는 생생한 감정이 있고, 오늘은 오늘의 내가 지니고 있는 담대한 태도가 있다는 거겠죠.

사람들은 시간 앞에서 겸손해집니다. 무언가와 멀어지면서, 놓아가면서 우리는 잃어버린 만큼 지나온 만큼 자신만의 철학과 세계를 성립해 나아가는 것이죠. 결핍이 있나요. 어떤 자리가 부재해 있나요. 지나온 길을 문득 돌아보았을 때, 참 다행이라는 생각이 내 마음에 스며들 수 있도록 오늘의 한 걸음을 부디 애정으로 걷고 있기를 바랄 뿐인 걸요.

; 남겨진 것

도마뱀은 위험에 직면했을 때 꼬리를 자르고 도망간다. 하지만 남겨진 꼬리는 여전히 거기에 있다. 내가 진정 두려워하는 것은 도망치지 못하는 것이 아니라, 여전히 살아 있지만 나는 그저 꿈틀대는 꼬리일 뿐이라는 자각이다.

인생을 살다 보면 소중한 무언가를 지키기 위해 한 번쯤 스스로 위험을 자청해야 하는 순간과 대면하게 될지도 모른다. 어떤 존재는 묵묵히 제 길을 걷고, 또 어떤 존재는 조용히 그 대상과의 추억을 노래한다. 우리들의 삶 속에도 남겨진 꼬리 같은 것들이 있을까. 그것들은 어떤 의미로 기억될까. 실은 남겨지는 것이 두려운 것은 아니다. 그 마음이 잊혀질까 봐 두려운 것일 뿐.

24. 나란히 성숙해진다

관계에 있어 낙담하지 않는 나만의 가치관이 있어요. 그건 굳이 어떤 사람의 마음을 얻으려고 나를 부단히 헌신하지는 않는 거예요. 평범한 모습으로 서로가 서로에게 이끌렸을 때, 그 관계는 더욱 온전하고 애착 있는 방식으로 흘러가게 된다고 생각하거든요. 예컨대 풍경을 감상하는 방식으로 사람을 대하는 겁니다. 그 안에서 자연스럽게 어우러지고 나 또한 그 풍경의 일환이 될 수 있다면 서로는 소중한 인연으로 발전할 수 있겠지요.

반대로 관계에 있어 왜 긴장과 갈등이 발생하는가를 한 마디로 요약한다면 그 사람을 지배하려 하기 때문이라고 말할 수 있을 겁니다. 하지만 사람은 소유하는 것이 아니지요. 좋은 관계는 그저 상대가 살아가는 모습에 온화한 미소로 화답하는 일은 아닐까요. 그 과정에서 내가 행사할 수 있는 영향력이란 작은 텃밭이나, 화단을 가꾸는 일정도 밖에는 되지 않습니다. 그리하여 정말로 좋은 관계라면 어느새 자신 안에서 싹트고 있는 타인의 고마움을 느끼고 서로에 대한 각별한 애정으로 나란히 성숙해질 따름이지요.

결국에 나와 타자 사이에서 내가 할 수 있는 일이란 작은 화단을 가꾸는 일 정도인 거예요. 좋은 관계는 서로의 공간을 존중하며 그들에게 주어진 작은 공유지 안에서 믿음을

거름으로 삼습니다. 하지만, 고작 한 평의 정원 속에서도
사랑과 존중이 있다면 축복에 이를 수 있어요.

사람과 사람 사이의 침묵을 무너뜨리는 것은
진동하는 몇 개의 낱말이 아니라,
그 거리를 소리 없이 횡단하는 진심 어린 마음이다.

; 밑줄

일기를 쓰려고 연필을 집어들었을 때, 문득 당신 생각이 났다. 당신이 나를 뚫어져라 바라보는 모습과 그 시선을 의식하면서도 애써 다른 곳을 보고 있는 나의 모습이 떠올랐다. 나는 내 마음이 일순간 충만해지고 있음을 느낀다. 아마도 얼굴은 이미 자두처럼 발갛게 달아올랐을지도 모르겠다. 나는 그 기억을 계속하여 곱씹었다. 목젖 아래 어디쯤에서 뭉클함을 느낄 만큼 강렬한 맛이었다. 그 기분에서 벗어나기가 싫어서, 아무런 말도 하지 않았다. 참을 수만 있다면 더 오래 침묵을 유지하면서 그 순간의 향기를 내 안에 담아두고 싶었다. 깨물지 못하고 더디게 녹아가기만을 바랐던 그 옛날 동그랗고 붉은 자두맛 사탕처럼. 혹여나 무심결에라도 무뎌진 마음으로 고백하기는 싫어서 나는 정성스레 연필을 다듬었다. 서툰 입맞춤처럼 머뭇머뭇 그럼에도 폭죽의 파열음과도 같은 내면의 광채를 떠올리면서, 나는 당신을 생각했다.

우리가 조금 더 가까워지기를 바라고 있어. 하지만, 우리에겐 적당한 거리가 있기 때문에 더욱 서로에게 끌리고 있는지도 몰라. 그래서 더 어려워. 다가서고 싶은 것보다, 멀어지기 싫다는 간절함이 내게는 더 크게 작용하고 있음을 느껴.

일기장 속에 적은 그 문장을 이리저리 바라보다가, 멀어지
기 싫다는 문장 아래에 조심스레 밑줄을 그어놓았다.

사랑하는 사람과 함께 떠나고 되돌아오며
혼탁한 젊은 시절의 가치를 새삼 만끽해야지.
때를 기다린다는 말로 지체하고 있었던 것,
시간이 없다는 말 뒤로 잊고 있던 것들로부터
조금씩 자유로워질 거야.

25. 흔들리는 불꽃의 다음 방향은 아무도 모른다

바람이 불지 않는 곳에서도 향초의 불빛은 희미하게 흔들리며 타오른답니다. 어쩌면 우리의 마음도 같은 이치 속에 담겨 있는 것은 아닐까요. 무언가를 비추는 일, 어떤 것을 좇는 과정에서 결단코 항상 굳건한 태도를 유지하는 것은 어려운 일입니다. 아마 전혀 불가능할는지도 모르겠습니다. 자꾸만 마음이 갈팡질팡 평정심을 잃고 쉽게 조바심에 사로잡히기 일쑤입니다. 덜컥 가슴이 두근거릴 때, 여간 긴장한 마음이 길을 잃을 것 같을 때, 그럴 때마다 저는 속으로 나지막이 다짐하곤 한답니다.

"지금 나는 새까만 어둠 속에 있어. 내가 떨고 있는 건 빛을 잃어버리지 않기 위해서야. 나는 작은 불꽃이야. 내가 세상을 비추고 있는 한, 나는 영영 흔들릴 테지만 그럼에도 도망치지 않을 거야. 스스로 빛을 머금은 자는 성공과 실패의 여부와 관계없이, 자신만의 보람찬 인생을 살았다는 거니까."

두려움에 떨고 있다는 것, 불안에 눈시울을 붉히는 게 꼭 나약하다는 걸 의미하는 건 아니지요. 그건 사람의 마음 안에서 자연스럽게 요동치고 있는 감정의 자전인 셈입니다. 일정하게 기울어진 채로 자신만의 균형을 가꾸어가기 위한 자가 발전인 것이지요.

예컨대 초의 불빛은 고체 연료가 발화하여 시작되지만 불이 붙은 후에는 공기 중의 산소와 결합하며 불꽃을 이룬답니다.

가슴이 가빠지고 주변으로 스산한 기운이 차오를 때면 당신이 자기 안의 어떤 작은 소망에 이끌려 지금 그 자리에 존재하고 있음을 기억해보세요. 당신이 떨리고, 모두가 당신을 향해 시선을 쏟는 이유는, 그 캄캄한 어둠의 길 위에서 당신이 지금 막 빛을 내기 시작했기 때문입니다. 흔들리는 불꽃의 다음 방향은 아무도 모른답니다. 오늘날 당신의 무력함 또한 언젠가 짙은 어둠에서 스스로를 구원에 이르게 할 참된 원동력이 될지도 몰라요.

그리고는 호흡, 천천히 들이마시고 차분히 나를 가라앉히기. 천천히 들이마시고 차분히 나를 가라앉히기. 나는 지금 마음의 호수 위, 작은 연꽃과도 같아요. 곧이어 그 작은 일렁임이 호흡과 어우러지며 은은한 불꽃이 될 거예요. 스스로 빛을 머금을 때, 당신은 아름답습니다. 물론, 자신이 기대했던 바와는 조금 다르게 흘러갈 수도 있습니다만, 누구도 불꽃이 일렁이는 다음 순간을 예측할 수는 없는 법이니까요.

당신의 차례입니다. 마음껏 당당해보는 겁니다. 스스로 빛

을 머금은 자는 성공과 실패의 여부와는 관계없이, 자신만
의 보람찬 인생을 살았다는 거니까요.

어둠이 찾아오고 골목의 작은 상점들이
하나둘 저마다의 온기를 품에 안 듯이
어느 새까만 밤 외로이 길을 걷는
당신의 가슴 안에서 언젠가의 기억들이
따스한 온기로 다가와주기를.

그 빛으로 물든 걸음걸음마다 곱게 반짝이다
이내 당신이 걸어온 방향으로 고개를 돌리면
불어오는 그 시시콜콜한 감상에 취해서
가슴에 와락 희망이 깃드는 저녁 노을이 되기를.

당신은 결코 가볍지 않다.

26. 당신은 결코 가볍지 않다

우리는 시시때때로 선택의 기로에서 의지를 표출할 것을 요구당합니다. 가령 당장에 어떤 선택이 내 앞에 당도해 있다면, 그리고 그 선택이 나의 존엄성을 위배할 정도로 가혹한 것이라면 당신은 당연히 큰 압박감에 시달리곤 할 테지요. 왜냐하면 매번 선택의 과정 속에는 단호하게 외면할 수 없는 달콤한 제안들이 있을 수 있기 때문입니다. 그 과정에서 당신은 내가 내려놓은 것만큼의 특정한 '보상'을 기대하고 있을 지도 모르겠지만, 분명한 것은 당신의 자기다움이 훼손당할 위험 속에서는 결코 보상이란 의미가 제대로 받아들여질 수 없다는 것입니다.

일전에 저에게 꽤나 큰 액수의 원고 청탁이 들어온 적이 있답니다. 하지만, 어디까지나 대필가로서 참여하는 일이었고 철저하게 제가 작업물에 관여했다는 사실을 숨겨야 하는 경우였지요. 물론, 대필이라는 형식의 작업물이 모두 정당하지 않은 것은 아닙니다. 글쓰기 능력은 다소 부족하지만 흥미로운 이야기와 경험을 지니고 있는 이들에게 대필은 그들의 단점을 보완하여 더 좋은 결과물을 선보일 수 있는 좋은 방법이 되기도 하니까요.

하지만, 이 경우에는 내용이 탐탁지 않았습니다. 온라인에서 유통되는 웹소설을 쓰는 일이었는데 '무조건 자극적으로'가 그 첫 번째 요구사항이었기 때문이었고, 내용은 성인물이었지요. 패나 수위가 높은 내용이라고 할지라도 그 안에 예술적 가치나, 작품성이 포함되어 있었다면 생각이 조금 달라졌을 수도 있습니다. 하지만 상업적으로 단순히 소비와 관심을 촉진시키기 위해 자극적인 글을 써야 한다는 건, 저에겐 패나 곤욕스러운 일이거든요.

그래서 단호히 제안을 거절하기로 했답니다. 물론, 그 정도 원고료라면 당분간은 경제적으로 풍족할지 모르겠으나 언젠가 불현듯 이 일로 인해 자괴감에 빠지는 날이 올 것 같았어요. 제게는 선택의 여지가 있었고, 제가 생각하는 '좋은 글'에 위배되는 내용은 쓰지 않겠다는 스스로와의 약속을 끝내는 지켜내고 싶었던 것이지요.

우리가 지난 과거를 돌아보며 가슴앓이를 하게 될 때, 실은 나를 더 아프게 하는 것은 선택의 여지가 있었다는 사실 때문은 아닐까요. 달콤한 제안에 마음이 흔들릴 수는 있지만, 끝내 스스로 사랑할 수 없는 행위를 통해서는 결코 삶이 풍요로워 지지 않는다는 사실을 잊지 말았으면 합니다. 나의 존엄을 잃어버리면서까지 해야만 하는 일은 없어요. 언제 어디서나 나는 소중합니다. 그러한 마음가짐으로 선택의 기로에 서 보는 거예요. 아마 조금은 더 분명하게 보일 테지요.

; 통증

어릴 적엔 유독 아킬레스건이 자주 아팠다. 걸음을 옮길 때 종종 통증을 느끼곤 했지만, 참을 만한 정도였다. 그 통증이 내게 좌절감을 선사하거나 내 가치를 흔들어놓은 일은 없었다. 그러나 오늘날에 사무치는 아픔들을 돌아보면 되도록 피하고 싶은 것들이 대부분이다. 차라리 모르면 더 좋았을 것 같은 고통이 어른이 된다는 오명 아래 존재하고 있음을 느낀다. 살아가면서 점차 모든 아픔들이 생에 꼭 필요한 양분이나 경험으로 작용하지는 않는다는 사실을 통감하면서, 나는 그 옛날 성장통과 오늘날의 슬픔이 어떤 차이로 작용하는지 고심해보았다. 그 결과 깨달은 것이 있다면 성장에서 동반되는 것은 통증이지, 고통이 아니라는 것.

요컨대 통증과 고통은 결코 같지 않다. 우리에게 의미 있게 작용하는 것은 삶에 양분이 되는 온당한 통증이지, 나를 쓰러뜨릴 만큼의 가혹한 고통은 아니었던 모양이다.

27. 나만의 만트라

당신에게는 스스로를 안아주는 만트라^{mantra}가 있나요? 만 트라는 산스크리트어로 '사고한다'라는 의미를 지닌 동사 의 어근 man과 단어의 끝에 더해져 새로운 의미를 더해주 는 접미사 tra가 붙어서 만들어진 단어입니다. 우리말로 옮 기면 참된 말이라는 뜻의 진언이 되지요.

만트라는 특정한 구절이나, 단어를 반복하여 자신의 내면 에 있는 복잡한 감정을 몰아내거나, 평온함을 되찾기 위해 이용되는 명상의 방법입니다. 어원이나, 이름만 들으면 거 창할 것 같지만 사실 이 만트라는 우리 일상에 가깝게 존재 하고 있답니다.

예를 들어 무서운 이야기를 들을 때 귀를 막고 혼자서 의 미를 알 수 없는 의성어를 내곤 하는 것도 넓게 보면 만트 라의 일종으로 해석할 수 있어요. 또한 가슴이 답답하거나, 긴장이 될 때, 속으로 '잘할 수 있어'라고 나지막이 속삭이 는 행위 역시 만트라의 일환으로 볼 수 있습니다.

이과 같은 만트라의 궁극적인 목적은 자신의 몸을 보호하 고, 신체와 정신의 합일을 이루어 깨달음을 획득하기 위함 이지요. 실제로 우리 내면에서 스스로에게 하는 말들은 결 코 작지 않은 의미를 지니고 있답니다. 습관처럼 자기 비난을 일삼는 사람은 점차 험난한 길로 스스로를 인도하게 되는 반면에, 자기 자신에게 지속적인 용기의 언사를 베푸는 사람은 보다 담대하게 자신의 삶으로 걸음을 옮길 수 있는 것과 같은 이치인 것이지요.

그리하여 이 만트라를 잘만 이용하면 우리는 자연히 스스로를 돕는 자가 될 수 있답니다. 어쩌면 만트라는 당신에게 꼭 필요한 한 마디를 스스로 고심하여 발견해내는 행위라고도 해석할 수 있을 것 같아요. 그러기 위해서는 '나'를 더 면밀히 들여다보고 헤아릴 필요가 있어요. 언젠가 내게 필요한 한마디를 전하기 위해, 주어진 오늘 하루를 충실히 살아가야 하는 이유가 바로 거기에 있는 것이지요.

물론, 저 역시도 나를 위한 주문을 가슴 속에 지니고 다닌답니다.

시를 쓰러 왔다가 시가 되어 돌아가는 삶.
나는 시를 완성하고 싶었지만
그것을 완성하는 데 가장 필수적인 요소는 여운이었다.

늘 한 권의 책, 보람찬 하루를 완성시키려고 애를 쓰는 저에게 스스로 작은 여운이야 말로 그것에 꼭 필요한 요소임을 전하고픈 바람이 있어요. 그렇게 마음속으로 얼마간 이 짧은 문장을 되풀이하다 보면 놀랍게도, 완벽한 것, 완성시켜야만 하는 것이란 고정관념에서 벗어나 또 다른 관점으로 나의 마음이 뿌리내리는 것을 느낄 수가 있었지요.

실은 우리 내면의 자유를 억압하는 가장 큰 요인은 자기 자신의 욕망이 아닐까요. 지금 당신의 마음속에도 더 잘 해내고픈 의욕으로 인해 되레 긴장을 유발해내고 있는 생각들이 있을지도 몰라요. 어쩌면 그러한 욕구를 잘 어루만져 보다 나은 방향으로 나를 인도하는 것이 만트라의 가치가 아닌가 하는 생각이 들어요.

때때로 깊은 상심에 빠진 사람에게 진실로 다가서는 몇 마디의 위안이 그의 삶을 지탱하는 견고한 뿌리가 되기도 합니다. 스스로 그러한 존재가 될 수 있다면 더할 나위 없겠지요. 당신의 삶이 더 나은 방향으로 나아갈 거라는 바람, 그 믿음에 가장 큰 효력이 되어주는 것은 당신이 스스로에게 건네는 진솔한 대화입니다.

; 햇살

그럼에도 살아가는 것이라 했다. 찢어진 곳은 헝겊으로 덧대며 살아가는 불편과 맞닥뜨리며 살면서 마주치는 불안들에 치이며 그럼에도 살아가는 것이라 했다. 버릴 수 없는 편지들을 어루만지며, 기억 속에 남아 있는 추억을 숭배해보기도 하면서, 구겨진 낱말들 앞에 엉엉 울어보기도 하는 것이라 했다. 깊은 열대야에 잠 못 이루는 밤, 오늘도 누군가는 말 못할 것들을 가슴으로 끌어안으며 홀로 식은땀을 흘려대겠지. 어딘가 좁은 골목길 사이에서는 차마 걸음을 옮기지 못하고 망설이는 청춘의 눈매가 서걱거리겠지. 누구의 인생이라도 조금씩은 쓸쓸한 구석이 있다. 하지만 그럼에도 살아가는 것이라 했다. 어떤 때는 살려고 산 것이 아니라, 어쩌다 보니 살아지는 것이기도 했으나 깊은 불면, 서운한 불안의 증식과, 해소하지 못하는 불만, 때때로 겪을 수밖에 없는 불편들을 감수하면서라도 기어코 잠을 청하고, 담담하게 나를 눌러 담으며 애써 웃을 수밖에 없는 것이라 하였다. 그럼에도 흐린 하늘을 지나, 지상에 내려앉은 방석만 한 햇살 한 평을 바라볼 때면, 저마다 가슴에 품은 따뜻한 기억 하나쯤 슬그머니 고개를 드는 것이 살아가는 일이라 했다.

그대

부디, 가슴 한 구석에서

기꺼이 당신을 위해

사랑하고 눈물을 흘린

시간이 있었음을 잊어버리지 않았으면

3부

차츰차츰 자유로워진다

28. 원더풀 라이프

다만, 이곳에 머무르는 동안

한 가지 해주셔야 할 일이 있습니다.

지금까지 인생을 살면서

가장 행복했고 의미 있는 순간 하나를 선택하는 것

입니다.

고레에다 히로카즈의 영화 〈원더풀 라이프〉는 다음과 같은 대화로 시작합니다. 영화는 죽음에 안착한 사람들이 삶과 완전히 이별하기 전, 자신의 인생을 되돌아보는 얼마간의 시간을 다루고 있지요.

하지만 극중 한 명의 남자는 자신이 살아온 모든 것을 기억하고 싶지 않다고 말합니다. 오직, 나쁜 기억들밖에는 없다고 이야기하면서 말이에요. 그리곤 자신은 여기에서 만족한다며, 더 살아 있어도 나아질 것은 없다는 체념에 이르고 말지요. 또 다른 인물은 단지 하나의 기억만을 선택해야 한다는 것에 고민을 하기도 하고, 어떤 이는 멍하니 침묵으로 일관하며 창밖의 풍경을 바라봅니다.

이렇듯 사람들은 각기 다른 반응을 보이며 자신의 지난 시간들을 추억합니다. 영화를 관람하면서 자연스럽게 저 또한 같은 맥락으로 오늘 내가 죽음에 이른다면, 나는 어떤 과거를 지닌 사람으로 기억될까 하고 스스로에게 물음을 던지게 되었어요.

지금까지의 인생을 돌아보면 내 뜻대로 되는 것보다, 뜻하지 않은 방향으로 흘러간 일이 대체로 많이 일어난 것 같아요. 성실한 노력이 반드시 충실한 결과로 반영되는 것도 아니더군요. 사랑했던 것이 나를 너무도 깊은 아픔에 머무르게 했고, 만남이라는 것에는 언젠가 끝이 있다는 것 역시도 알게 됐던 시간이었습니다.

지난 시간을 축약해보면 '행복했다'라는 말보다는 '아쉬움이 남는다'라는 쪽으로 마음이 더 기우는 것을 느껴요. 끝이 있다는 것. 그것은 언제나 우리에게 많은 자극을 주지요. 우리는 언제나 한정된 시간 속에서 살아가고 있습니다. 그 안에서 수많은 선택에 직면하고, 후회하고, 반복하고, 희생하기도 하지요.

그렇게 고심하다 보니 공교롭게도 영화 엔딩 크레딧이 다 올라갈 때까지도 선택하지 못했습니다. 그 모든 시간들 속에서 오직 하나의 행복을 간추려내지는 못하겠더군요. 다만, 깨닫게 된 것이 있다면 너무도 급히 지나가버려서 늘 뒤쫓아 가기 바빴던 삶의 연속이었으나, 나름대로는 참 열심히 살았다는 자부심이었습니다.

때로는 절실히 살아내기 위해 울음을 삼켜내어야만 했습니다. 회사를 그만두고, 첫 번째 장편 소설을 출간할 때까지 일 년의 시간을 오로지 글을 쓰는 일에 쏟았지만, 기대에 못 미치는 성적과 대중에게 외면받았다는 서운함에 좌절하여 나 스스로에 대한 존중마저 잊어버렸던 시간도 있었습니다. 그럼에도 그때의 기억은 제가 소중함으로 남아있답니다. 너무 슬프고 아픈 순간들의 연속이었지만, 제 머리맡에 놓여진 한 권의 책 속에는 기어코 이 세계에서 어떻게든 한 명의 '나'로 존재해보고자 열렬히 투쟁했던 흔적들이 가득했기 때문입니다.

다시 버틸 수 있을까, 스스로에게 묻는다면 조금은 쓴 웃음을 지어 보일지 몰라도 제게는 분명 오늘이 마지막인 듯이 살았던 생의 순간들이 있어요. 물론 매순간 주어진 하루를 필사적으로 사력을 다하여 살아낸 것은 아닙니다. 때로는 무던한 듯 흘러가는 대로 자연스러운 흐름에 나를 맡긴 적도 있지요. 허나 깊이 들여다보면 온 힘을 다해 내달리지 않았던 그 시간들마저 작은 용기를 만들어내기 위한 준비 단계였던 것 같아요.

영화 속 한 장면처럼 인생은 우리에게 종종 물음을 던지지요. 매순간 선택지를 제시합니다. 하지만 제가 지금 말하고 싶은 것은, 그 물음에 명쾌한 답을 하거나, 당당히 무언가를 선택하지 못하더라도, 열렬히 이 생을 사랑하는 한, 어떠한 삶이든 원더풀 라이프라는 거예요.

; 공중전화

직장을 다니다가 꽤나 오랜만에 고향으로 내려가던 날, 휴대폰 배터리도 동이 나버리니, 멍하니 흔들리는 기차 안에서 창밖의 풍경을 바라보며 옛 생각에 젖을 뿐이었다. 어렸을 땐, 새 학기가 되면 아버지와 함께 문방구에 들러서 필요한 학용품을 사곤 했다. "필요한 것들 골라봐", 그때는 그 한마디에 왜 그렇게 신이 났던 걸까. 집으로 돌아와서 교과서 커버를 만들고, 반듯하게 씌워진 커버 위에 삐뚤빼뚤한 글씨로 이름도 써넣었다.

그리곤 새 학용품들을 바라보며 학기 첫 날, 일찍이 등굣길에 올라 창가 자리를 맡아야겠다는 다짐을 하곤 했었지. 나는 학교에 가는 걸 그리 좋아하지 않는 아이였지만, 유독 창가 자리에 앉으면 많은 것들을 그냥 무던하게 받아들이곤 했으니까. 그곳에 앉으면 남들을 조금 덜 의식하게 되고, 시간도 금방 지나가는 기분이 들었다. 창밖에 지나는 사람들, 풍경들을 구경할 수 있는 것 역시 창가 자리만의 장점이었다.

학교를 마치고 나면 보통은 곧장 공중전화로 달려가 100원짜리 동전 하나를 넣고 부모님 가게에 전화를 걸었다. 그러면 얼마 지나지 않아, 아버지가 멋진 오토바이를 타고 나타나 나를 번쩍 들어 올려서는 품에 안 듯이 나를 태우고 동네 한 바퀴를 달리곤 했었다.

아버지는 토요일마다 학교 근처 빵집에서 밀크쉐이크를 사주셨다. 나는 그래서 토요일을 가장 좋아했다. 아버지와 같이 밀크쉐이크를 먹을 수 있고, 밤이 되면 베개를 끌어안은 채로 토요명화를 감상할 수 있었으니까.

하지만, 언제부터였을까. 굳이 아버지와 함께는 아니더라도, 혼자서 많은 것들을 할 수 있다고 믿게 되었다. 아주 작은 아이였을 때는 늘 혼자 집에 있는 시간이 외로워서, 짧게라도 부모님과 보내는 시간이 즐거웠던 것 같은데……. 대학교를 진학하게 되었을 때, 서울에서 머무를 방을 구할 때나, 취업을 해서 직장을 다닐 때에도, 어린 시절을 제외하면 무언가 새로운 시작을 할 때 아버지와 함께했던 기억은 없는 것 같다는 생각이 들었다. 왜일까. 이유는 잘 모르겠다.

기차역에 내려 나는 공중전화기를 찾았다. 수화기를 들고, 부모님 가게에 전화를 걸었다. 이상하게도 그때 마음에서는 묘한 떨림 같은 것이 느껴졌다. 요즘은 가까운 지인의 전화번호도 도통 기억해내질 못하는데, 20년이 넘도록 똑같은 우리가게 번호만은 참 생생하게 기억이 난다는 사실이 새삼 신기하기도 했다.

다 잊어버려도, 결코 잊히지 않을 소중한 유년의 추억이 있다는 것. 매일 아침, 구두를 신을 때 퉁퉁 부은 발과 꽉 막힌 출근길 풍경에 숨이 턱 막히는 나이가 되어서야, 이토록 그 추억들에 감사함을 느끼게 될 줄이야. 아주 오래된 일상들로부터 막연한 위안을 얻으며 공중전화 부스 옆에서 눈물이 핑 돌던 때, 저기 그리 멀지 않은 곳에서 우리 아버지가 낡은 오토바이를 타고서 내게로 오신다.

아아, 우리 아버지.
우리 아버지.
늘 내게 보탬이 되어주시려고,
언제나 거기서 묵묵히 나를 기다리고 계셨네.

; 악수

추위가 수그러들 줄 모르던 날이었다. 나는 호주머니 속에 손을 쿡 찔러놓고서 약간 움츠린 자세로 나아갔다. 그러면서, 차마 정돈되지 못한 느낌들을 만지작거렸다. 슬그머니 옆을 바라보니 당신은 두 뺨이 촌병에 걸린 아이처럼 빨갛게 달아올라서는 애꿎은 입술만 삐쭉거릴 뿐이었다. 버스 정류장에 도착할 때까지 우리가 나눈 대화라고는 몇 번의 입김과 코를 훌쩍이는 행위가 전부였다.

이윽고 당신이 타야 할 버스가 왔고, 나는 뭐라도 해야 할 것 같은 마음이 들었으나 좀처럼 입을 열 수가 없었다. 내가 가까스로 악수를 건네었을 때, 우리의 체온은 한 곳에서 포개어졌지만 그 느낌은 뭐랄까 따뜻하다기보단 신음하고 있는 듯했다. 꽉 쥐는 것은 아니면서, 동시에 완전히 힘을 빼는 것도 아닌, 그 알 수 없는 애매함으로 우리는 이어져 있었다.

호흡이 가빠졌다. 그 손을 잡기까지의 시간이, 그리고 그 손을 놓아주기까지의 시간과 뒤섞이며 한숨보다 깊은 혼잣말들이 허공을 빙빙 맴도는 것이었다. 별안간 밤이 안개에 반쯤 잠겨버린 시각, 눈물은 흘리지 않기로 했다. 상처는 언젠가 나을 테지만 그럼에도 이 아픔이 영영 사라져버린다는 뜻은 아닐 테니까. 문득 떠올린 마지막 순간이, 서로의 눈물은 아니길 바라는 마음에서였다.

마주 잡은 손아귀의 압력이 서로의 눈빛과 반응하여 서서
히 지는 마음을 추모한다. 사랑의 상실을 함께 겪는 것 또
한 서로 사랑하는 사람의 몫이라며 결단코 달기만 하지 않
았고, 쓰기만 하지 않았던 그 시간들 앞에서 늦은 반성을
하기에 이른다. 변명은 하지 않는다. 어쩔 수 없었다고 말
하기엔, 매순간이 소중했던 것을.

희망이란 단어가 가치 있는 건

우리에게 그 말을 내뱉기까지의 과정이 있었기 때문이지.

그러니까, 희망이란 말은

먼 미래를 위한 것은 아니야.

그건 지금까지의 나를 위한 헌사인거지.

희망은 있어.

오늘은 오늘의 당신이 있기 때문에.

29. 나는 나대로, 당신은 당신대로

중학교에 입학하고 얼마 지나지 않아, 아파트에 살던 우리 네 식구는 주택으로 이사를 갔어요. 조그만 정원이 있는 집 이었는데, 오래되고 낡아서 여기저기 손봐야 할 것들이 한 두 가지가 아닌 집이었지요. 허나, 관심을 가지고, 시간을 쏟고, 직접 수리를 하면서 낡은 집에도 차츰차츰 정이 쌓여 가는 것을 느끼곤 했습니다.

이사를 하던 날, 짐 정리를 마치고 우리 가족은 다 함께 나 무 한 그루를 심었답니다. 제 키보다 조금 더 작은 매화나 무였어요. 그해 겨울은 유독 강한 추위가 찾아와서 나무는 이제 막 새로운 토양과 환경에 적응을 하는 것이니 스스로 에겐 꽤나 힘겨운 시기였겠지요. 그래서인지 마당에 그 작 은 매화나무는 제가 고등학교를 졸업할 때까지도 도통 꽃 도 열매도 제대로 피워보지 못했답니다. 키가 저와 비슷한 정도로 자라기는 했지만, 주변의 다른 나무들의 개화시기 가 되면 유독 싹도 틔우지 않는 그 나무가 초라해 보이기도 했지요.

공교롭게도 제가 독립한 뒤로, 어머니는 그 나무를 볼 때마 다 제 생각이 났다고 해요. 어쩌면 대학시절에 작가가 되겠 다며 방구석에서 머리를 긁적이며 글을 쓰는 아들과 봄이 만개할 무렵에도 여간 침묵을 지키고 있는 매화나무가 묘하게 닮은 구석이 있어서인지도 모르겠습니다. 그래서 생각이 날 때마다 쓰다듬어주고, 물도 듬뿍 주었다지요.

그렇게 시간은 흐르고, 저로서는 그 매화나무의 존재에 대해 별다른 관심을 두지 않는 시점에 이르게 되었습니다. 헌데, 작년 겨울 무렵이었던가요. 아직 꽃샘추위가 남아 있는 시기에 고향집을 방문했는데, 무심코 걸음을 옮긴 마당에서는 은은한 꽃향기가 내려앉아 있었어요.

그것은 아직 가시지 않은 겨울의 촉감과, 꽃잎의 보드라운 온기가 어우러진 풋사랑 같은 향이었답니다. 바로 그 매화나무였지요. 저는 그때야 깨달았습니다. 타인의 눈에 별다른 성장도 없이 그저 머무르고 있는 듯 보일지라도, 나무는 그 뿌리에서부터 성실하게 자신의 존재 가치를 좇고 있다는 것을요.

한편으로는 이 매화나무 한 그루처럼 세상의 모든 존재는 자신만의 개화시기를 지니고 있는 것은 아닐까 하는 생각도 들었습니다. 물론, 사람들도 마찬가지겠지요. 다른 이들의 눈에 나 스스로가 볼품없이 도태된 듯 비춰질지라도, 우리는 내면의 뿌리를 통해 자신만의 꽃과 열매를 추구하고 있는 것은 아닐까요. 그러고 보면 타인의 시선에 너무 많은 걱정과 관심을 쏟을 필요도 없다는 생각이 들어요. 나무의 의미, 꽃의 가치가 얼마나 일찍, 그리고 오래 피어 있는지에 달린 것만은 아니니까요.

예컨대 긴 침묵의 길을 걷고 있다고 할지라도, 그 고요함은 저마다의 시기와 절정을 향해 나아가는 성실한 걸음이 될 수 있답니다. 우리는 모두 각자의 향기를 머금기 위해 부단히 노력하는 존재들이니까요. 그 애정 어린 기다림의 끝에서 피어난 꽃향기는 기적과도 같은 걸요.

그리하여 나는 나대로, 누군가는 또 그 나름의 마음가짐으로, 소중한 기다림의 가치와 자신만의 개화시기를 믿으며, 묵묵히 존중할 따름입니다.

; 잘 모르겠다

"변한다는 건 참 슬퍼"

친구가 내게 슬픈 눈으로 그런 이야기를 할 때, 미안하지만 나는 속으로 그날 아침 보글보글 끓고 있던 커피포트를 떠올렸다. 잔잔했던 물이 이내 뜨거운 김을 뿜으며 이리저리 뒤엉키고 있는 장면을…… 변한다는 건 참 슬프다는 말, 곰곰이 생각해보면 그런 때도 있었고, 그렇지 않은 날도 있었지 않았던가.

나를 향한 연인의 애정이 식어가던 무렵, 진정한 아름다움이란 한결같음이라고 스스로를 다독이던 때가 있었지. 하지만 그 한결같음을 유지할 수 있다는 건, 나도 그에 발맞추어 걸을 수 있을 때의 경우는 아니었을까.

그 사랑이 끝나가던 시점에 실은 마음속에서는 어떠한 간절함도 느껴지지 않았다. 그렇게 슬프지도, 격렬하게 아프지도 않았지만 그저 미적지근한 그 상태를 견디지 못했을 뿐이었는지도 모르겠다. 어쩌면 상대는 그런 나를 보며 변했다고 느끼지는 않았을까.

나는 작게 고개를 끄덕이면서 동시에 사랑에 빠졌을 때, 내게 일어나는 크고 작은 변화들을 떠올렸다. 동공이 커지고,

가슴이 조금 급하게 뛰겠지. 상대의 작은 말과 행동에 일일이 반응하게 되고 그에게 다가서는 두려움이 커질수록 그 걸음이 더욱 설레기도 하겠지.

하지만 그 모든 것은 실로 변해간다. 익숙해지며 편안함을 느끼다가, 너무 당연해서 처음의 떨림 같은 것들은 생각이 나지 않는 날이 오기도 할 테지. 결국엔 상대방을 지긋지긋하게 생각하기도 하다가 덜컥 많은 것들이 달라졌다며 나를 탓하고 상대를 미워하며 도망치고 싶은 충동에 휩싸이기도 하고.

그럼에도 사람과 감정이란, 계속하여 흘러간다. 문득, 그 사람을 왜 사랑했는지 그 이유와 마주하며 감동의 눈물을 쏟고 그 존재의 고마움을 잊고 있던 스스로가 미련하여 더 열심히 서로를 위해 노력하는 날을 맞이할 수도 있겠지.

그렇다면 그것은 변한 것이 아닌가. 내가 고개를 끄덕인 이유는 변화 그 자체가 아니라, 어찌됐든 우리 감정이 늘 그자리에 가만히 머물 수 없다는 데서 비롯된 행위였다. 사랑을 '다시' 할 수 있을까. 우리 다시 사랑할까요 같은 말이 가당키나 한 것인가. 우리는 늘 흘러가며 어제와 다른 내가 되고 있는데……. 결국엔 늘 새로운 사랑 앞에 달라진 내가 있을 뿐인 건 아닐까. 그 사랑 앞에서 다 안다고 자부하며 상대방을 소홀하게 대하지는 않았던가. 잘 모르겠다. 그렇지만, 또 이렇게 저무는 하늘은 아름답거늘 구태여 막을 수 없는 흐름에 역류하여 이 순간을 지켜내려는 모순을 반복하고 있는 것은 아닐까.

30. 그럼에도, 함께 할 수 있을까

관계 속에서 갈등을 겪게 될 때, 우리는 감정에 거친 마찰을 경험하게 됩니다. 기준과 기준이 부딪히고, 관점과 관점이 대립하고, 생각과 생각이 좀처럼 서로를 이해하기 어려운 상태에 이를 때, 나는 타인에게 어떤 태도를 취해야 할까요.

타인으로 인해 마음이 격해져갈수록, 나를 지키기 위해서는 조금 더 이성적인 판단으로 그 관계에 접근할 필요가 있다는 생각이 들어요. 뭉뚱그려져 있는 막연한 감정들을 잘 풀어헤치지 않으면 언제까지나 그 관계는 제자리를 반복하고 말 테니까요. 우선은 나와 상대방이 감정적으로 깊이 연루된 관계인지, 혹은 단순히 가벼운 친분관계인지, 비즈니스를 위해 연관을 맺고 있는 것인지, 세부적으로 파악할 필요가 있겠지요. 그 관계가 어떤 식으로 이루어져 있는지에 따라 우리가 취해야 하는 태도와 행동양식도 달라질 수 있으니까 말이에요.

일반적으로 비즈니스 관계에서 마찰이 생길 경우에는 어떤 '원인'이 있는 것이 대부분이겠지요. 예컨대 시간 약속을 지키지 않는다거나, 결과가 만족스럽지 못하다거나, 일하는 과정에서 커뮤니케이션이 적절하게 이루어지지 않는 등의 명확한 사건과 사실을 기반으로 하고 있을 거예요. 따라서 그때에는 원인을 파악하는 일을 최우선으로 두고 접근하면 조금 더 유기적인 관계회복이 가능할 것 같다는 생각이 들어요.

하지만 두터운 친분이나, 감정적 교류를 기반으로 한 관계는 더욱 복잡한 갈등해결 방식이 요구되어져요. 대부분 그러한 관계에 문제가 발생하면, 상황은 보다 복잡하게 얽혀있기 마련이니까요. 어쩌면 그것은 아주 오랜 기간 점진적으로 쌓여온 갈등 구조일지도 모릅니다. 심지어는 명확한 이유가 존재하지 않는 서운함도 존재할 수 있지요.

책임 구분이 분명하지 않으니, 잘잘못을 따지기도 애매합니다. 그렇기 때문에 사과를 하는 것도, 화해를 하는 일도 더욱 더디고 어렵게 느껴질 수 있어요. 가까운 사이에 '거리감'이 생겨버리면 그 간격을 좁히는 일은 참 쉽지 않은 것도 다 그러한 맥락이라는 생각이 듭니다.

그러한 순간에 우리는 어떤 태도를 취해야 할까요. 어쩌면 정작 중요한 것은 갈등의 원인을 찾는 행위가 아니라, '그럼에도' 이 관계를 지켜내고 싶은가에 대한 나의 생각과 대답은 아닐까요. 우리는 모두 어딘가 조금씩 부족한 사람들입니다. 때문에 나에게는 물론, 타인에게도 완벽한 만족을 선사하는 것은 불가능하지요. 따라서 올바른 관계란 그러한 사실을 바탕으로, 서로를 포용할 수 있을 때, 더 두터운 신뢰를 형성하게 되는 것 같아요.

예컨대 타인을 위해 나를 변화시키는 일, 나를 위해 다른 누군가에게 변화를 요구하는 일, 서로가 서로를 위해 합의점을 찾아나서는 행위도 결국에는 그 자발적인 의욕과 포용의 가치 속에서 일어날 수 있는 일이겠지요.

궁극적으로는 '그럼에도 함께 관계를 이어나가고 싶을 때' 그 관계는 회복을 위한 합의점으로 도약할 수 있습니다. 어느 한쪽만 노력한다거나, 굳이 그 관계를 지속하기 위한 마음이 없을 때에는 그 모든 행위들은 상대방은 물론, 나 스스로를 구속하는 행위로 전락할 위험이 있어요.

결국 가장 중요한 것은 해결 방식을 찾는 게 아니라, 끝내 이 관계를 유지해야만 하는 이유를 잃어버리지 않는 것이겠지요. 우리가 그럼에도, 함께하고픈 이유. 우리가 그리하여, 함께하고픈 이유. 그 사람을 왜 신뢰하는지, 그 사람을 왜 사랑하는지, 그 사람을 보면 왜 웃음이 나는지, 그 가치의 소중함을 잃어버리지 않는다면 어찌됐든 관계는 더 나은 방향으로 나아갈 수 있다고 믿습니다.

그대 눈 속에 비친 내 모습

밤하늘에 달을 보며 그가 슬픈 표정을 지은 적이 있었다. 덩달아 올려다보니, 어둠이 달을 거의 집어삼킨 모습이었다. 그 사람은 그것을 초승달이라고 했다. 나는 그저 애써 웃어 보이며 아무런 말도 하지 않았지만 사실 그건 그믐달이었다. 초승달과 그믐달은 서로 반대의 모습을 하고 있다. 하지만 그것이 달의 진실은 아니다. 달 본연의 모습은 늘 그대로니까. 단지, 우리가 그것을 어디에서, 언제 바라보는지에 따라 다르게 느껴질 뿐인 것이다.

어쩌면 그의 눈에 비친 나의 모습과 내 눈에 비친 그 사람의 모습도 마찬가지 아니었을까. 달라졌다고 생각하겠지만, 여전히 그 깊은 곳에는 그럼에도 변하지 않는 본연의 진심이 자리하고 있을 것이다. 그럼에도 참 쉽게 잊어버리고 만다. 알고 있으면서도 좀처럼 의심하게 된다. 보이지 않으니까. 마치 영영 사라진 것만 같다.

그렇게 밤은 우리를 지나갔다. 시간은 흐르고, 어느새 혼자서 올려다본 밤하늘은 새까만 침묵이 이미 달을 다 삼켜버린 뒤였다. 허나 눈에 보이지 않아도 달은 여전히 그곳에 있을 것이다. 나는 아직도 믿고 있다. 사랑 또한 그러하다고.

31. 어째서 외로울까

보람찬 하루의 끝에서 집으로 발걸음을 옮기는 시간, 지하철 창가에 비친 내 모습이 창밖의 어둠과 묘하게 어우러지며 문득, 나는 외로움을 느낍니다. 어째서 일까, 왜 나는 지금 외로운 것일까. 스스로에게 계속 자문해보아도 명료한 답을 이끌어내기란 쉽지 않지요.

이렇듯 우리는 일상을 살아가면서 드문드문 내 앞에 놓여진 근원적인 외로움에 대해 몰입하게 됩니다. 그것은 소란하지 않게 나를 찾아오지만, 실은 내 안의 감정들은 몰아치는 파도처럼 휘청거리고 있지요. 좋은 삶이란 어떤 것인지에 관하여 사람들은 각자 다른 대답을 내어놓겠지만, 그 공통점에는 자신의 외로움을 잘 다독이는 행위가 포함되어 있을 거예요.

요즘 저는 나를 위한 삶이 무엇인가에 대한 고민을 하고 있습니다. 그리고 그 대답을 찾는 과정 속에 쓸쓸하고 공허한 감정들을 적절히 극복해내는 일이 큰 요소를 차지하고 있음을 깨닫는 중이지요.

그리하여 덜컥 외롭다는 생각이 들 때의 기분이나, 상황들을 세세하게 기술해보았답니다. 그 외로움 속에서 어쩌면 나름의 비슷한 맥락이나, 공통분모가 포함되어 있을까 하는 생각에서였지요. 결론적으로 말하자면 쓸쓸한 기분에 절대적인 기준은 없더군요. 적어도 지금까지의 나에게는 말이에요. 외로움이란 정해진 규격도 없고, 기준이나 척도도 없으며 그저 막연히 어느 순간 훅, 하고 내 안으로 들어차는 감정이었어요.

하지만 그 안에서도 일정한 빈도로 나타나던 저의 태도가 있음을 알 수 있었습니다. 외롭다는 기분이 들 때, 저는 스스로 '지금 이대로는 충분하지 않아'라며 자책을 하고 있었던 것 같아요. 예컨대 만족보다는, 아쉬움에 더 많은 감정적 비중이 쏠릴 때 우리는 외로움을 느끼지요. 심지어는 스스로 지금의 상황에 만족하고 있다고 할지라도, 내면을 깊이 들여다보면 은연중에 나에게 나중을 위해서 지금은 일단, 가혹한 현실을 받아들여야만 한다는 압박을 지속해오고 있었던 건지도 모르겠습니다.

즉, 대개 사람들은 외로움이 충동적인 감정이라고 생각하지만, 실은 외로움이란 내가 스스로 발견하지 못했던 억압된 감정들의 발현인 것이지요. 결국엔 지금껏 내가 외롭다는 감정으로부터 도망치고 싶을 때, 지극히 일회적이고 단순한 처방만을 일삼고 있었던 건 아닌가 하는 반성에 이르게 되었답니다. 한편으로는 즐겁고 행복한 상상들은 대부분 미래나 과거에 머물러 있고, 늘 오늘의 나는 그것을 쫓는 가혹한 운명을 반복하고 있을 뿐이라는 생각도 들었지요.

타인에게 지나치게 의지하고픈 욕구에서 오는 외로움도 어쩌면 같은 맥락이 아닐까요. 지금의 내 삶을 스스로 제어할 수 없다고 생각해버리니, 계속하여 누군가에게 조언과 정서적인 안정을 요구하게 됩니다. 하지만, 그러한 행동이 자꾸만 지속될 경우에는 부적절한 애착관계가 형성되어서, '기댈 수 있는 타인이 없으면 나는 외로워지고 만다.'라는 잘못된 자기 방어를 형성하게 될 위험이 있어요.

공교롭게도 외로움을 쫓다 보니, 어느새 나는 어떤 사람인가에 대한 물음을 쫓게 되지는 않던가요. 세상에 불필요한 감정은 없다고 믿습니다. 우리가 불안함을 느끼고, 외롭다는 생각에 사로잡히는 것은, 내가 놓치고 지나쳤던 스스로에 대해서 다시 자각할 기회를 가지는 거라고 봐요.

그러니 성급하게 외로움을 억누르려고 하지 않고, 차근차근 그 느낌과 오늘 하루 내게 주어진 일상의 즐거움을 적절히 수용하는 자세가 중요하겠지요. 어찌됐든 감정이란 지배하거나, 통제하려는 압박보다는 그것과 친밀감을 형성할 수 있는 유연한 방법들로 더 능숙하게 받아들여지는 법이니까요. 너무 먼 미래나, 지나쳐버린 과거가 아닌 오늘의 나를 위한 행동들에 기꺼이 시간을 할애할 때, 외로움은 더이상 우리를 서운하게 만드는 감정이 아니라, 나를 보다 잘이해할 수 있도록 도와주는 열쇠가 되어줄 거예요.

잊지 말아요. 외롭다는 느낌은 내 삶에 깊은 온정이 깃들도록 도와주는 역할을 합니다. 그것은 배척하고, 회피하고, 극복해야 할 감정이 아니라, 우리가 이해하고, 인정하고, 안아주어야 할 내면의 또 다른 '나'입니다.

우울한 청춘

그 아련함 속에서 깨달은 것은 몇 가지 다짐이 전부였지만 그럭저럭 나쁘진 않았다고 생각해. 위태로울 때면 그렇게 각오를 다지고 실컷 울어도 보는 거지. 그러다 보면 또 시간은 흐르고, 돌아보면 시원섭섭한 그리움이 남을 뿐인 걸. 어느새 음악이 되겠지. 쓸쓸하지만, 흥얼거리듯 자꾸만 돌아보겠지. 다음엔 더 잘하면 돼. 주눅 들지 말고, 너무 서운해 하지도 말고, 그냥 묵묵히 나를 향해 걷는 걸음이 삶이라는 길을 만드는 거지. 언젠가는 성취할 수 있을 거라고 막연한 약속을 건네기보다는, 이미 내 곁에 와 있는 무언가를 애정으로 감싸줘야지. 인생의 하이라이트에 매몰되지 않고, 그저 주어진 매순간을 감사함으로 살아야지.

모든 이들에게 너의 가치를 증명하는 것보다,

너 스스로 자신의 존재를

이해하는 것이 더욱 중요해.

32. 매뉴얼 가다듬기

제게는 스스로가 지닌 몇 가지 '매뉴얼'이 있습니다. 어쩌면 나라는 사람 또한 하나의 복잡한 매뉴얼이라는 생각이 들 때도 있지요. 아마 스스로 깨닫지 못한 채로 그 시스템을 따르고 있는 일도 있을 겁니다. 매뉴얼이란 흔히 사용설명서와 같은 것이지요. 그래서 우리는 내 안에 있는 몇몇 매뉴얼들을 눈여겨볼 필요가 있습니다. 그것은 나라는 사람을 더 쉽게 이해하도록 돕고, 이 세계와 나를 효율적으로 연결시켜주는 방안을 제시해주곤 하니까요.

모든 사람들은 태어나고, 경험하고, 성숙해지면서 점차 자신이 이 세계에 알맞게 존재할 수 있도록 나름의 가치관과 법칙을 정립해나가고 있지요. 실은 자존감이 높다라는 표현 또한 단순히 나에 대한 커다란 애착이 있다는 것보다는, 이처럼 자기만의 매뉴얼을 잘 이해하고 그것을 바탕으로 삶을 굳건히 해 나아간다는 의미인 거겠지요.

A는 평소 회사에서 많은 이들에게 업무적으로 칭찬을 받습니다. 하지만, 종종 B에게서 듣는 '아이 참, A는 보기보다 답답한 구석이 있어'와 같은 말에 쉽게 상처를 받곤 합니다.

이해를 돕고자 제 친구 A를 예로 들어보려고 합니다. 그는 업무적으로 높은 평가를 받는 유능한 사원이지만, 지나가는 B의 말 한마디로 인해 직장 내에서 큰 스트레스를 경험하고 있어요. 그리하여 A는 종종 저에게 '회사를 다니는 게 힘들다'라고 하소연을 털어놓곤 한답니다.

하지만 조금 더 자세히 들여다보면 A가 정작 힘들어하는 것은 '회사'가 아니라, 'B의 질투와 핀잔'인 것이지요. A는 자신의 능력을 인정받고자 하는 성취욕이 강한 인물이기 때문에, 업무적인 효율은 높지만 동시에 한 명의 부정적인 반응에도 쉽게 상처받는 성격을 지니고 있는 것 같아요.

이처럼 자신이 어떤 성격을 지니고 있고, 그로 인한 장점과 약점이 어떤 결과로 나타나고 있는지, 조금 더 꼼꼼하게 분석해보는 일은, 현재 스스로가 겪고 있는 스트레스를 해소하기 위한 기본적인 절차인 것이지요. 그래서 저는 A에게 말해주었어요. 모든 이들에게 너의 가치를 증명하는 것보다, 너 스스로 자신의 존재를 이해하는 것이 더욱 중요하다고 말이에요.

A는 실수를 하면 자책을 많이 하는 편이에요. 그래서 B의 핀잔처럼 어떤 부정적인 이야기를 들으면 금방 낙담하게 되지요. 하지만 구태여 타인의 열등감을 내 책임으로 돌릴 이유도 없답니다. 그럴 땐, 그저 나를 탓하는 것이 아니라

되레 상대방에게 칭찬 하나를 돌려주는 것도 하나의 방법이지요. 이유 없는 열등감에 대응하는 가장 좋은 방법은 상대에게 그 감정이 스스로가 만든 자괴감이라는 걸 깨닫게 해주는 너그러운 품성이 될 수도 있으니 말이에요.

이처럼 오늘 하루를 깊이 들여다보면 나의 행동과 감정들 속에서 수많은 '원인'과 '결과'를 발견할 수 있을 거예요. 그 과정 속에서 나 스스로가 지니고 있는 삶의 매뉴얼 역시 파악할 수 있겠지요. 물론, 내가 지닌 태도가 세상과 어우러지며 결과로 도출되는 과정은 매우 복잡하게 이루어져 있답니다. 그것은 늘 고정적이지 않고, 때와 상황에 따라 변화하기도 하겠지요.

하지만 그렇기 때문에 더더욱 부지런히 나를 이해하는 행위가 필요한 거라고 봐요. 막연히 힘들다, 슬프다 말하는 것은 어쩌면 내 감정에 대한 가장 쉬운 회피라는 생각이 듭니다. 때로는 그런 회피도 필요하겠지만, 언제까지나 감정을 쌓아놓고만 지낼 수는 없으니, 우리에겐 매뉴얼을 가다듬는 시간이 필요한 것이지요.

내가 세상과 어떤 식으로 반응하고 있는지 알게 되면, 보다 성숙한 대응을 기대할 수 있어요. 조금 더 수월하게 세상과

호흡할 수 있답니다. 결국에는 진정 나를 사랑하는 방법도
그 안에서 발견할 수 있을 거예요.

; 몽롱한 밤

나라는 사람과 내가 느끼는 감정이 언제나 같은 것은 아니라는 생각이 들 때가 있다. 가끔씩, 감정이 나를 온통 뒤덮어 별다른 일도 없는 내가 별안간 슬픔에 동일시되기도 하고 또 어느 날은 눈물이 필요한데, 억지로 웃음을 유발하려고 애를 쓰는 내가 있음을 어렴풋이 느낀다.

누군가 지금 이 시점에서 내게 필요한 것이 무엇이냐고 묻는다면 나는 스스로의 감정에 대한 권위라고 답할 것이다. 나는 어떻게 순간의 감정이나 기분에 완전히 지배당하지 않고, 적절히 그 균형을 유지할 수 있을지에 대해 고심하고 있다. 어떤 때는 내가 슬프다는 것이 두렵다. 누군가를 사랑하는 것이 겁이 난다. 그리하여 나를 믿지 못할 때, 나는 진정 감정의 지배에 놓이는 것은 아닌가 하는 걱정이 들기도 한다.

감정이란 한쪽만을 지향하는 면모가 있어서, 그 책임을 나에게만 미루거나, 타인에게 내몰 우려가 있으니, 함부로 스스로를 다치게 하는 말과 생각들을 경계해야만 하겠지. 어쩌면 내 감정과 올바른 관계를 맺는 일은 그것에 쉽게 휘둘리거나, 한정되지 않아야 가능한 것은 아닐까. 내면의 세계에서 굳건한 신뢰를 형성해나가는 비결은, 그 담대한 태도 속에 담겨 있는지도 모르겠다. 권위란, 그것을 행사할 때

보다 행사하지 않고 조용한 침묵 속에 머무르게 할 때 더 크게 발휘되는 법이니까.

결국, 균형이란 내 안에서 울려 퍼지는 그 음성에 조용히 이 유를 묻고 대화를 이어나갈 담대함이라는 결론에 이른다. 휘둘리거나, 시달리는 것이 아니라, 작게 고개를 끄덕이며 결코 혼자가 아님을 깨닫게 해주는 일이 필요할 것 같다.

사랑이 우리를 아프게 할 때

우리는 상대의 마음에 답답함을 느끼며

서로를 이해하지 못하는 경향이 있잖아요.

어쩌면 정말 이해하지 못했던 게 아니라,

더는 그럴 자신이 없었던 것은 아니었을까요.

33. 사랑받지 못하는 불안

돌이켜보면 살면서 느꼈던 사랑의 감정들은 대부분 여지없이 이별과 깊은 상실감으로 이어졌던 것 같아요. 언젠가는 홀로 남겨질 두려움을 사랑과 동일시한 적도 있었답니다. 한때는 그를 너무 사랑해서 헤어지면 내가 산산이 부서질지도 모른다고 생각했었지요. 한데 그것은 정말 사랑이었을까요. 쓸쓸함으로부터 도피하기 위하여, 그 두려움을 사랑이라고 착각했던 것은 아닐까요.

공교롭게도 요즘은 그 반대에 가까운 불안을 느끼기도 한답니다. 이제는 멀어질 것이 두려워 애써 친밀감 자체를 형성하지 않고 관계를 이어나가지 못하는 때가 많아요. 살아오는 동안 애착 관계를 형성하고, 다시 그 관계가 무너져 내리는 과정을 숱하게 겪었기 때문일까요. 마음으로 깊은 교감을 주고받는 일이, 이내 잠재된 억압과 갈등을 예기할 것 같다는 두려움으로 다가와 덜컥, 선을 그어버리고 말아요.

올바르게 사랑하는 일이 점점 어려워지고 있음을 느낍니다. 더 많은 것을 느끼고 깨달아갈수록 고려해야 할 것도 많아지니까, 그 과정 속에서 정작 누려야 할 사랑의 느낌들을 되레 묵인해버리고 마는 실수를 범하곤 해요. 아마도 시작과 끝을 두려워하는 우리는 사랑에 있어 결과에 너무 많은 관심을 집중하고 있는지도 모르겠군요.

하지만, 동시에 세상엔 참으로 다양한 사랑이 존재한다고 믿습니다. 그것은 곧 사랑에 있어 절대적인 관점을 내세우지 않아도 된다는 의미겠지요. 서로 사랑하는 사이라면 그들만이 느낄 수 있는 언어가 존재한다고 생각해요. 어쩌면 사랑 앞에서 겸손해야 한다는 말은 서로 간에 지닌 그 사랑의 주파수를 늘 견지해야 한다는 뜻이겠지요. 중요한 것은 각자의 감정에 솔직하게 귀를 기울여주는 자세라고 봐요. 바닥나버린 자립심에 두려움을 겪는 것도, 존중 없는 사랑이 이내 서로를 상처 입히는 일도 결국은 대화의 부족과 서로의 마음에 귀를 기울여주지 않았던 시간들 속에서 진행되는 아픔일 테니까요.

그러고 보면, 사랑이 지나갈 때, 마음이 멍이든 것처럼 슬픔을 겪는 건 지극히 자연스러운 일이지요. 그것이 우리 인생에 크나큰 좌절이나 문제가 있음을 의미하지 않습니다. 그저 사랑했고, 더 사랑하려고 노력해보았고, 그럼에도 서로가 생각하는 사랑의 방향이 다르기 때문에 이제는 서로가 아닌 자신의 삶을 더 사랑해보고자 걸음을 옮기는 것일 뿐이에요. 내게 남겨질 상실감으로 인해, 마음이 멎은 관계를 껴안으려 애쓰지 말아요. 반대로, 일어나지도 않은 이별을 두려워하며 내 진심을 외면하는 실수도 더는 범하지 않기로 해요.

해피 엔딩이란 슬프지 않고, 불안하지 않은 건 아니라고 봐요. 그건, 슬픔 속에서도 삶을 향한 의지를 잃지 않는 거겠죠. 사랑에도 해피 엔딩은 있습니다. 그러니, 끝이라는 것 때문에, 오늘의 사랑도, 앞으로 사랑할 시간도 덧없이 놓쳐 버리진 말자구요.

；숲

사랑하거나 사랑하지 않거나, 어쩌면 사랑하지는 않지만 비록 사랑하기는 한, 그런 우리가 풍성해지고 있다. 어제 내렸거나 내일은 올지도 모르는 이 겨울 마지막 눈처럼, 기척도 없이 그저 소복이 우리의 마음은 쌓여만 가네. 사랑이란 그네 위로 내린 흰 눈처럼 결국엔 서서히 식어가는 것인지도 모르겠으나, 별안간 오래 앓아야 할 추억으로 남겠지. 아, 사랑했던 것은 우리를 너무도 가혹한 슬픔 속에 머무르게 하네. 하지만 그 사랑만이 한때 내가 있어야 할 유일한 이유였던 것을.

; 시간

미래는 어디까지나 추정이다. 우리가 그 미래를 떠올리며 불안함을 느끼는 이유는 정말로 나 자신이 초라해서가 아니라 아무것도 정해진 것이 없는 시간을 자꾸만 무언가로 단정지으려 하기 때문이 아닐까. 허나 시간에게는 분명 거부할 수 없는 힘이 존재하고 있으니, 뜻대로 되지 않는다고 노여워하기보다, 내 시간을 어떤 마음으로 살아왔는지 반성하는 것이 우선일 것이다. 되도록 삶이란 즐거운 태도로 살아가는 일이 몸과 마음에 더 긍정적인 반응을 일으킨다는 것은 누구나가 다 아는 사실일 터. 그렇다면 우리는 구태여 알지 못하는 것에 어지러운 걱정을 쏟아내기보다, 이미 충실히 깨닫고 있는 것에 더 깊이 몰두해야 하지 않을까.

34. 나는 무엇이 되어야 할까

종종 독자분들과 만남을 가질 때 빠지지 않고 등장하는 질문이 있어요. 그것은 '어떻게 작가가 되었어요?' 그리고 '어떻게 하면 작가가 될 수 있어요?'와 같은 종류의 물음이지요. 실은 그 질문은 '어떻게 해야 꿈을 이룰 수 있는가'라는 궁금증과 맞닿아 있다는 생각이 듭니다. 그 과정에 관하여 조언을 얻고 싶어 하는 순수한 열망에서 비롯된 것이겠지요. 분명, 저에게도 무엇이 되기로 다짐했던 순간과 그것을 이루기 위한 노력이 있었을 테지만, 솔직한 심정으로는 글을 쓰고 책을 만드는 일을 열렬히 사랑했을 뿐인 것 같아요. 단지 그것 외에는 설명할 방법이 없네요.

어렸을 적 처음으로 무엇이 되어야겠다고 생각했던 때는 한낮에 혼자 비디오 테이프를 보던 순간이었는데, 그때 문득 영화감독이 되어야겠다고 생각했었죠. 하지만 그 시절, 작은 동네에 사는 꼬마 아이에게 영화감독이 되는 방법에 대해 알려줄 사람은 없었어요. 조금 더 자라서는 운동선수가 되는 게 목표였다가, 나만큼의 재능을 가진 사람들이 세상엔 참 많구나 싶기도 하고, 그 행위에서 얻는 보람보다, 실패할 것 같다는 두려움이 더 컸기 때문에 그만두게 되었지요.

돌아보면 매번 스스로에게 물었던 것 같아요. 나는 무엇이 될까. 나는 무엇이 되어야 할까. 다들 어떤 목표를 지니고 살아가는 것 같은데, 제게는 그런 목표랄 것이 딱히 존재하지 않았던 시절이 더 많았던 것 같기도 하고 말이에요. 물론, 그 목표라는 것에 관하여 매순간 고민은 하고 있었을 테지만……

고교시절 상담선생님께서 주신 시집을 읽고 뒤늦게 작가가 되어야겠다고 다짐했던 것은, 흔들리던 시절에 무엇이라도 부여잡고 싶었던 간절한 발버둥이었던 것 같기도 하고, 처음으로 시를 쓰고 창작이란 것을 하게 되었을 때, 예컨대 하나의 세계를 만들며 내 안에 잠재되어 있던 감정들을 그곳에 투영하던 순간, 형용할 수 없는 희열을 느꼈기 때문일 수도 있지요.

이를 바탕으로 다시 '작가는 어떻게 하면 될 수 있는가'라는 물음을 생각해보면 몇 가지 대답을 내어놓을 수 있을 것 같습니다. 첫 번째로 신춘문예에서 당선이 되면 일단, 시인이나 소설가라는 칭호는 받을 수 있지요. 출판사에 투고를 해서, 실력을 인정받아 책을 출판할 수도 있어요. 그럼 그 창작물의 저자가 되는 것이지요.

이외에도 요즘은 기성세대들의 시대처럼 굳이 권위 있는

단체나, 기관으로부터 인정을 받지 않더라도 다양한 경로로 자신의 창작물을 선보일 수가 있잖아요. 이를 테면 스마트폰으로 할 수 있는 여러 가지 소통 방식과 독립출판물이라는 새로운 출판의 창구를 통해서도 말이지요.

하지만 이와 같은 표면적인 방법이 진정 작가가 되는 길인가라는 물음에 관해서는 확고하게 그렇다고 말할 수 없는 것도 사실입니다. 왜냐하면 작가라는 존재는 책을 만들어서 단순히 그것을 타인에게 제공하는 수준에 그쳐서는 안 된다고 느끼기 때문이지요.

실은 그보다 더욱 중요한 것은 자신의 예술에 심취하고 몰입해 있는 순간의 감정이라고 믿어요. 그러한 경험을, 그 깊은 사유를 지속하는 사람이 작가이고 예술가라고 믿습니다. 굳이 책을 출간하지 않아도, 권위 있는 상이나, 대중의 관심을 차지하지 못한다고 할지라도, 다만 나의 세계에 깊이 몰두하고, 창작의 고뇌를 느끼며 이야기를 써 내려가고 있다면 그 사람이 진짜 작가인 셈이지요.

돌아보면 성취한 것보다 좌절한 경험이 많고, 제때 이룬 것보다 뒤늦게 깨달은 것이 훨씬 많아요. 몇 번의 죽을 고비를 넘기고, 재수를 하고, 대학에 입학해서는, 학비를 벌기 위해 휴학을 하고 조선소에서 일을 했지요. 다시 학교로 돌아와 전공을 바꾸고, 그 와중에 스스로가 만든 작품에는 자신이 없어서 번번이 문학상이나, 신춘문예에 지원하길 포기하고 말았어요. 노선을 바꿔 회사에 들어갔다가 내 길이 아니란 생각에 그마저도 그만두었지요. 그러다 보니 나는 지금, 여기에 있는 걸요. 계획한 것보다 계획대로 되지 않은 일이 훨씬 더 많았지만 말이에요.

결국 여전히 글을 쓸 수 있는 이유는 그 행위에 흥미를 잃지 않고, 그것에 대한 사랑이 식지 않았기 때문인 것 같아요. 작가로서의 재능이란 무엇인가라고 묻는다면 가장 중요한 것은 글에 몰입하고 있는 순간의 기쁨과 탄식 같은 것들을 잃어버리지 않는 것이고, 그 느낌을 깊이 껴안고 있다면 반드시 자신의 문장을 써 내려갈 수 있으리라 믿어볼 따름입니다.

그러니 이 긴 이야기에서 말하고자 하는 바는 이것이지요. 어떻게 그것이 될 수 있는가에 대한 방법에 집착하다 보면 정작 중요한 나답게 해내는 것의 가치를 잃어버릴지도 몰라요. 누가 가르쳐주지 않아서, 혹은 그것으로 가는 과정을 몰라서 이루지 못하는 건 아니라고 봐요. 진정 나의 의미를 완성해주는 것은 그것이 내게 어떤 가치를 지니고 있는지 깨닫고 추구하는 일에 있기 때문이에요.

몰입하고 있는 순간의 즐거움을 잃지 않으면 그뿐입니다. 계획은 세우되 집착하지 말아요. 어차피 생각한 대로 삶은 이루어지지 않으니까요. 좌절하지 않는 방법, 포기하지 않고 꿈을 좇는 비결이란, 내가 그것을 어떤 방식으로 사랑하고 있는지, 그것이 내 삶에 어떤 의미를 지니고 있는지 계속하여 추구하고, 끊임없이 반성하고, 겸허히 수행하고 있는 순간에 담겨져 있답니다.

; 습작

늦은 밤 홀로 영화를 관람하며 애써 울음을 끌어안듯이, 누구나 혼자만의 침묵 속에서 울먹일 시간을 필요로 한다. 어쩌면 그 시간이야 말로 가장 정직한 사유가 아니던가. 불안정한 나를 인정할 때, 비로소 나는 또 다른 자유를 성취하게 됨을 느낀다. 내려놓는다는 것은 그런 것이다. 받아들인다는 의미다. 완고해진 마음에 금이 갈 때, 그것은 파편이 되기도 하지만 동시에 여백을 형성하는 계기가 될 수도 있을 테니.

사람들에겐 차마, 쉽게 자리를 일어날 수 없도록 깊은 여운을 형성하는 순간이 있다. 그리고 그 순간을 정지해보면 우리는 늘 무언가를 바라보고 있다. 눈을 감아도 마음이 무언가를 직시하고 있는 것이다. 그토록 정직하게 대상을 바라보게 될 때, 우리는 현실을 초월하는지도 모른다. 시와 울음이란 그 계기를 만들어내는 장치이면서, 우리로 하여금 자신이 이 세계에 존재하고 있음을 진실로 밝혀주는 역할을 한다.

시인의 리얼리티는 자신이 그 세계에 참여하고 있는 순간에 주어진 미덕임을 느낀다. 단순히 물리적인 경험만을 의미하는 것은 아니다. 다만, 그 문장이 내 삶의 뿌리로 작용할 수 있느냐의 문제일 뿐. 이를 테면 시라는 것은 타인이

흉내 낼 수 없는 자기만의 울음이다. 그렇기 때문에 타인의 이해나, 인정과 관계없이 그것은 그 자체로 의미를 지니고 있다. 그리하여 시는 언어를 도구로 사람의 마음을 움직이는 행위가 아니라, 마음의 흐느낌으로 언어를 내려놓는 일이 되어야 한다.

낡은 습작 노트를 펼치면 거기에는 나에 대한 증명이 있다. 나는 그런 사람이다. 하지만 대부분 사람들은 자기 자신에 대한 의미를 찾아 나서려고 하지 않는다. 그것이 피로를 동반하는 탓이다. 그렇다고 한다면 정작 주어진 하루들 앞에서 왜 이렇게 아등바등 살아가고 있는 것이지…… 무엇을 위해서? 처음 시를 완성했다고 느꼈던 때는 언제였을까. 어쩌면 아직 오지 않았을 지도 모르겠다. 삶에서 시적인 순간은 정말이지 찰나에 불과하기 때문에.

그러니 당신,

모쪼록 현재를 지나치게 비관하거나 낙관하지 않고

고독과 당당히 마주하면서

스스로가 지니고 있는 자기다움의 가치로 나아가세요.

슬픔보다 기쁨으로 더 많은 배움을 얻기를.

규모가 아닌 사랑을 기준으로 삼기를.

그리하여 어느새 무성히 자라난

들판의 푸르름처럼

충실히 저마다의 계절 속에서 무르익기를 희망합니다.

35. 화안애어和顏愛語

교토로 향하는 열차에 올랐습니다. 창밖으로 먹구름이 짙어만 가니 덩달아 제 마음 속에도 불안한 기운이 들어차는 것을 느낄 수 있었습니다. 일기 예보에는 일찍이 폭우가 내린다는 예측이 있었으나, 막상 눈앞에 다가오니 덜컥 앞으로의 일정을 생각하면 겁이 나더군요.

본래는 하루카 특급 열차를 타야 했었는데, 실수로 일반 열차를 타는 바람에 많은 정거장을 지나치게 되니, 목적지까지는 더 많은 시간과 정거장을 거쳐야만 했습니다. 애써 짐 가방을 어루만지며 혹여나, 내려야 할 역을 놓치지는 않을까 안내방송에 신경을 쏟을 뿐이었지요.

그때, 인자한 모습의 어르신이 저를 보며 목적지를 물었습니다. 서툰 영어였지만, 그래서 더 편했던 건지도 모르겠어요. 저 역시도 미숙한 영어로 교토 역에 내려서, 다시 지하철로 환승을 해야 한다고 말했지요. 어르신은 다소 긴장한 저를 보고 지긋이 미소를 건네시며 창밖의 풍경을 좀 보라고 말했습니다.

조금 전까지 엷은 빗방울이 쏟아져 내리던 거리에서 다소곳이 햇살이 내려앉던 때, 교토의 오래된 가옥들이 생기로 반짝이며 그들만의 정서에 심취해 있는 것을 느낄 수가 있었지요. 아아, 저는 찬란한 순간을 눈앞에 두고도 막연한 걱정과 불안으로 그 신비로운 정취를 멍하니 흘려보내며 아름다운 것을 감히, 아름답게 담아내지 못하고 있었던 것이지요.

어르신은 자동차 회사에서 40년간 근무를 하시다가, 정년 퇴임을 하시고 지금은 교토 대학에서 철학을 공부하고 있다고 하셨지요. 자신의 학생증을 보여주며 으쓱한 자부심을 내보이기도 하고 말이에요. 그는 젊은 시절 아내와 함께 세계를 유랑하던 때의 경험담을 이야기 해주었어요. 비행기가 아닌 배를 타고, 유럽으로 넘어가 자전거를 타고 이탈리아를 여행하고 넉넉지 않은 주머니 사정으로 하루 세끼를 든든하게 먹지 못하는 일정 속에서도 웃음이 끊이지 않았던 청춘에 대하여 고백하였지요.

어르신은 제게 일본어로 쓰인, 시 한 편도 읊어주었는데 우리의 서툰 언어로는 좀처럼 그 의미를 온전히 헤아릴 수 없으니 다만, 이곳의 정취로 우리가 나눈 대화의 기억들로 그 시를 느낌 안에서 촘촘히 읊어볼 따름이었습니다.

목적지에 다다르자, 거리는 한층 더 거센 빗방울들이 쏟아져 내리고 있었어요. 잠시 생각을 정리하면서 인상을 찌푸리는 것 이외에 내가 할 수 있는 방법은 무엇이 있을지를 생각해보기 시작했지요. 저는 매번 실수를 반복하는 어설픈 인간이었습니다. 길 잃은 걸음들은 여전히 새벽마다 저를 찾아오고, 가치 있는 것들을 제때 헤아리지 못한 채 늘 뒤늦게 그리움에 젖는 모순을 되풀이하고 있지요.

어쩌면 지금도 그 사실에는 변함이 없을 겁니다. 어렵사리 시간을 마련해 떠나온 도시는 폭우가 내리고 있고, 오늘도 예정했던 열차가 아닌 다른 기차에 탑승하여 애써 먼 길을 돌아왔지요. 그때 돌연 제 마음이 머물던 곳은 지나온 풍경 속에서 마주하였던 햇살 한 줌이었습니다.

그제야 몰아치는 빗방울들이 자유롭게 춤을 추는 세상의 리듬처럼 느껴졌어요. 망설이지 않고 빗속으로 걸음을 옮겼습니다. 돌이켜 생각해보면, 작은 실수들, 아픈 상처들, 먹먹한 후회들을 지나왔으나 그러한 저의 삶 또한 너무나 감사한 아름다움들의 연속이었지요. 묵묵히 빗속을 걷다가, 오래된 절 앞에서 운명처럼 그 문장을 만났습니다.

화안애어 和顏愛語
늘 따뜻한 미소와 사랑스러운 어투로 세상을 맞이할 것

조금 젖어도 미련한 것은 아닙니다. 마음의 처연함과 가슴 속에 쓸쓸함에도 결코 마땅히 그 자리를 내어주는 일이 살아가고 사랑하는 일이 아니던가요. 부드러운 미소와 따뜻한 말 뒤에는 언제나 그 말을 꺼내기 위해 짐짓 삼켜내어야 했던 슬픈 마음과 깊은 공허가 있습니다. 부드러운 미소로 내 삶을 상냥하게 맞이하는 일이야 말로, 참된 행복을 기원하며 누리는 삶이지요. 그러니 감사한 마음을 담아, 소탈하게 살아갑시다. 담담하게 소탈하게, 그렇게 나아갑시다.

김민준

나의 가난한 독백과 내 인생 가장 황홀했던 만남이

다소곳한 귀엣말처럼 울려 퍼지네.

어스름이 내리면 시를 써야지.

당신을 안아야지.

내가 태어난 곳으로 쓸쓸하게 걸어가야지.

instagram.com/mjmjmorning